나를 바꾸는 글쓰기

나를 바꾸는 글쓰기

당신의 능력을 인정받으려면 글쓰기를 배워라

장영미 지음

글쓰기는 사유와 성장의 시간

얼마 전만 하여도 이름조차 생소했던 4차 산업혁명이 이제는 세상을 바꾸고 우리를 바꾸고 있다. 모든 것이 급변하는 환경 속에서 우리는 더 이상 이전의 가치와 사고로는 살아남을 수 없다. 단순 지식의 암기나 습득은 인간보다 기계가 더 빠르고 더 정확하다는 것을 인간 바둑기사와 알파고의 대결은 보여주었다. 그런 현실에서 우리는 이제 기계보다 인간이 더 잘할 수 있는 영역을 찾고 계발해야 하는 상황에 처해 있다. 이 책은 이러한 시대 요구에 대한 성찰과 고심에서 시작되었다.

요즘 학생들은 글쓰기를 회피하고 싫어하지만, 그럼에도 불구하고 글쓰기는 필요하고 중요하다. 글쓰기는 단순한 쓰기 기술의 습득이 아니라 사유와 성장의 과정이다. 글쓰기는 자신을 발견하고 심화하는, 나아가 사회를 이해하고 통찰하는 양식이다. 우리는 글쓰기를 통해서 비판적 사고와 창의력, 문제해결능력 등을 기르고 강화해서 나를 성장시킬 수 있다.

이 책은 글쓰기 능력을 통해 자신을 계발하고자 하는 이들을 대상으로 한다. 글쓰기에 필요한 지식과 방법을 설명한 본문과 글쓰기의 실제 사례를 제시한 부록을 첨부하여 누구나 쉽게 글쓰기 능력을 향상시킬 수 있도록 하였다. 각 장의 본문에는 '예문'을 삽입하여 내용

이해를 도왔고, 각 장 말미에는 '글쓰기의 창'이라는 이름으로 다양한 읽을거리와 연습문제를 수록하여 학습 효과를 높이고자 하였다.

책은 모두 4부로 구성되었다. 각각의 내용을 소개하면 다음과 같다.

Ⅰ부는 글쓰기 능력과 기술의 필요성과 중요성을 살폈다. 글쓰기는 대학과 직장에서 필수불가결한 요소가 되었다. 대학생들이 주로 쓰는 보고서, 프레젠테이션, 공모전 출품 등을 비롯해 전공에 따라 약간의 차이는 있지만 대학 생활의 많은 부분이 글쓰기를 통해서 이루어진다. 직장인 역시 보고서, 기획서 등의 글쓰기를 통해서 업무를 수행한다. 이처럼 대학생과 직장인 모두 글쓰기를 생활처럼 수행하면서 살고 있다. 그렇기 때문에 대학생이든 직장인이든 글을 잘 쓰면 능력을 인정받을 수 있다. 흔히 학력이나 인맥보다도 먼저 평가받는 것이 '글쓰기 능력'이라는 말을 한다. 즉, 글쓰기 능력은 자신을 다른 사람과 구별하는 무기이고 경쟁력을 기르는 수단이다. 그럼에도 글쓰기의 힘을 간과하고 있는 것이 오늘의 현실이다. 이에 Ⅰ부에서는 글쓰기 능력과 기술이 왜 필요하고 중요한지를 제시하고 이를 위해 실제적으로 무엇을 어떻게 해야 하는지 등을 설명하였다.

Ⅱ부는 형식상 쓰기 기술이다. 글쓰기는 기본적으로 형식을 고려하여야 한다. 먼저 좋은 글이 무엇인지를 제시하였다. 좋은 글에 대

한 정의를 정립한다면, 올바른 글쓰기를 할 수 있다. 그리고 글쓰기의 형식을 갖추기 위한 주제 찾기, 개요 짜기, 자료 수집 등을 중심 내용으로 제시하였다. 참신하고 새로운 주제란 어떤 것인지, 주제를 구체화하기 위해서는 어떻게 해야 하는지를 설명하였다. 집을 지을 때 설계도가 필요하듯이 글쓰기에서도 개요 짜기가 중요하다. 이를 위해 개요 구성의 원칙과 개요 작성 시 요령, 유의사항 등을 학습하도록 하였다. 또한 자료 수집을 위해 공신력 있는 기관을 선택하여야 한다는 설명을 비롯해 실제 자료 수집을 할 수 있는 기관 등을 제시하였다.

Ⅲ부는 내용상 쓰기 기술이다. 글쓰기에서 무엇보다 어려운 것이 내용 쓰기이다. 글을 구성하는 요소는 크게 단어와 문장과 단락이다. 글을 잘 쓰기 위해서는 단어, 문장, 단락에 관한 지식과 기술을 익히는 것이 필요하다. 이를 위해 단어 쓰기에서는 단어의 조화가 왜 필요한지와 생활 속에서 어휘력을 기르는 방법이 무엇인지 등을 언급하였다. 문장 쓰기에서는 실제 문장력을 기르는 방법, 비문 검토 방법을 수록하였고, 단락 쓰기에서는 단락을 구성하는 요소와 좋은 단락의 사례 등을 제시하였다.

Ⅳ부는 글쓰기의 기초인 수정하기와 올바른 언어 사용, 원고지 사용법을 수록하였다. 먼저 글쓰기를 하고 난 다음 수정하기의 중요

성과 단계별 수정 사항을 살폈다. 수정하기는 자신의 글을 신뢰할 수 있게 만드는 중요한 단계이다. 끊임없이 고치고 바로 잡을수록 좋은 글이 나오기 때문에 단계별 수정 과정을 통해서 글의 완성도를 높이는 방법을 설명하였다. 그리고 지금은 잘 사용하지 않지만 글쓰기의 기본 틀이 되기 때문에 원고지 사용법을 익히도록 하였다.

마지막 부록에는 목적에 맞는 글쓰기의 사례를 수록하였다. 우리는 살면서 많은 글을 쓴다. 자신의 생각과 심경을 정리하는 사적인 글에서부터, 업무나 과제 제출과 같은 공적인 글까지 다양한 영역과 양식의 글을 쓴다. 전자는 자유롭게 써도 되지만 후자는 목적에 맞게 써야 한다. 특히, 공적인 글은 말 그대로 공적인 관계를 전제로 하기 때문에 정확해야 한다. 그런 구체적 사례를 자기소개서, 기획안, 보고서, 칼럼, 비평문, 에세이, 이메일 등의 글로 제시하였다. 장르에 따른 글쓰기 특징과 목적을 인지하고 그에 맞는 글을 쓰도록 익혀 둘 필요가 있다.

오랜 시간, 글쓰기 수업을 하면서 가졌던 생각이 있다. 글쓰기 전도사가 되고 싶다는 바람이다. 성서적 의미의 전도사가 아니라, 글쓰기의 필요성과 중요성을 비롯해 '글쓰기의 복음'을 전하는 의미의 전도사이다. 그동안 글쓰기로 연緣을 맺었던 학생들 중 일부는 강의가 끝난 뒤에도 글쓰기에 대한 연을 갖기를 소망하였다. 이 책은 그런 연을 이어가는 작업이고 나아가 글쓰기가 어렵고 두렵다는 이들에게 새롭게 연을 맺고자 하는 소망의 표현이다.

이 책이 나오기까지 많은 분들의 도움이 있었다. 아무래도 그동안 함께 수업했던 학생들이 가장 먼저 떠오른다. 가르치면서 배웠고 배우면서 가르쳤던 소중한 시간이었다. 그리고 미생未生을 미생美生으로 만들어주시는 박민영 선생님과 다양한 경험이 자산이라는 것을 일깨워 주시는 김명석 선생님도 잊지 못할 분들이다. 아울러 출판을 허락해 주신 최종숙 사장님과 이태곤 편집장님, 홍성권 대리님께도 감사드린다. 일일이 거론 못하지만 기회를 주시고 가르침을 주시는 여러 선생님들께 진심으로 감사의 말씀을 드리고 싶다.

이 책이 글쓰기에 조금이나마 도움이 되기를 희망한다.

2018년, 끝자락에서

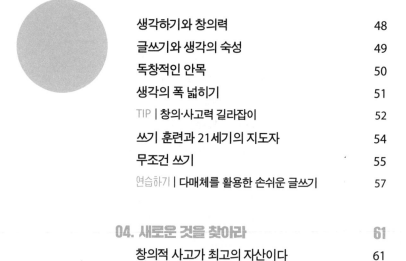

1부 글쓰기란 무엇인가

01

글쓰기는 능력이다

•

한국의 글쓰기

우리는 경쟁 사회에 살고 있다. 경쟁 사회에서는 다른 사람과의 차별화된 능력을 갖추어야 도태하지 않는다. 경쟁력을 갖추는 방법의 하나가 글쓰기 능력의 함양이다.

글쓰기는 생각이나 느낌과 사실 등을 글로 표현하는 행위이다. 한 편의 글에는 글쓴이의 지식과 교양 정도는 물론이고 이해력과 분석력, 비판력 등의 총체적인 면모가 담겨 있다. 따라서 글은 사람의 능력을 평가하는 지표이다. 글쓰기는 힘들고 어려운 작업이지만 그럼에도 사람들이 글쓰기에 관심을 갖는 이유는 그런 사실과 관계된다.

최근 출판시장에서 글쓰기 관련 도서가 인기를 끌고 있다고 한다. 불황이 계속되는 현실에서 글쓰기 관련 책은 지난 3~4년간 열풍이라고 불릴 정도로 판매량이 늘었다고 한다. 여기에는 다양한 이유가 있겠지만, 무엇보다 글에 대한 사회적 수요가 많아졌다는 것, 이를테면 글로써 자신을 표현하거나 글을 써서 일자리를 얻거나 하는 등의 수요가 증대했다는 것을 의미한다. 더구나 최근의 SNS 활성화는 전자 글쓰기가 생활 전반에 뿌리내려 있음을 보여준다. 블로그를 통해서 개인의 생활과 취미를 비롯한 각종 정보가 소개되고, 페이스북과 트위터를 통해 정치, 사회, 문화 등 다양한 분야에 대한 견해들이 자유롭게 오간다. SNS용 글쓰기 방법이 따로 있다는 것은 글쓰기가 이제는 생활 속에 깊숙이 파고들어 뿌리를 내렸다는 것을 말해준다. 가히 '글쓰기의 전성시대'에 우리는 살고 있는 것이다.

　　대학과 직장에서도 글쓰기는 필수불가결한 일이 되었다. 대학생들이 주로 하는 보고서, 프레젠테이션, 공모전 출품 등 거의 모든 것이 글쓰기를 통해 이루어진다. 전공에 따라 약간의 차이는 있으나 많은 부분이 글쓰기를 전제로 한다. 또한 직장인은 전자메일이나 보고서, 기획서 등의 글쓰기를 통해서 업무를 수행한다. 업무 보고를 전자메일로 하고, 사업계획을 간략하게 정리한 프레젠테이션으로 제출하며, 화상을 통해 견해를 주고받으며 회의를 진행한다. 이 과정에서 메시지의 기본 내용에 대한 이해는 물론 상대가 원하는 내용이 무엇인지를 정확하게 파악할 필요가 있는데, 그 모든 작업이 글쓰기를 통해서 이루어진다. 그렇기 때문에 직장에서도 글을 잘 쓰면 능력을 인정받을 수 있다. 학력이나 인맥보다도 먼저 평가받는 것이 글쓰기 능력인 셈이다. 글쓰기 능력은 자신을 차별화하는 무기이고 또한 경쟁력을 기르는 중요한 수단이다.

글쓰기 기술은 학창시절은 물론 사회 진출 이후에도 중요하게 갖추고 있어야 할 생존의 요건이다. 그렇지만 우리는 그런 필요성과 중요성에도 불구하고 '글쓰기'에 대해 별 관심을 두지 않는다. 대학에서의 글쓰기 교육은 형식적인 수준에 머물러 있고, 사회단체에서 행하는 글쓰기 교육 역시 현실의 필요에 부응하지 못하는 경우가 많다. 더구나 최근 들어서는 대학 입시에서 논술이 폐지되면서 글쓰기에 대한 사회적 공감과 분위기가 위축되고 있다. 물론 논술시험은 적지 않은 폐단이 있다. 그러나 자신의 생각을 논리적이고 체계적으로 구성하여 표현하는 것은 입학의 자격뿐만 아니라 사회적 능력의 함양이라는 측면에서도 중요하게 의미를 부여할 수 있다. 논술이라는 글쓰기를 통해서 사고력, 분석력, 비판력, 표현력을 향상시킬 수 있고, 한편으로는 폭넓은 독서력의 향상을 도모할 수 있다. 그런 장점에도 불구하고 논술시험이 없어지면서 글쓰기 교육은 이제 사람들의 관심 밖으로 밀려나 더 이상 주목을 받지 못하고 있다.

그런 현실을 반영하듯이 최근 학생들의 글쓰기 능력은 현저히 떨어져 있다. 초·중·고등학교에서 실시하는 독후감은 자기만의 독특한 생각과 느낌을 창의적으로 표현하지 못하며 내용 역시 천편일률적인 수준에서 벗어나지 못한다. 대학생의 경우도 예외가 아니어서 보고서나 에세이를 보면 거의 대부분이 인터넷에서 짜깁기한 것이나 상투적인 느낌과 생각을 표현한 것들이다. 그런 현실을 단적으로 보여주는 일화가 얼마 전 신문에 소개된 어느 대학 교수의 체험담이다. 기말고사 답안지에는 다음과 같은 구절이 씌어 있었다고 한다.

'#기말시험 #○○○(과목명) #교수님 #감사합니다'

학생이 답안지 끝에 주요 단어를 뽑아 '#(해시태그)'를 붙여 써낸 것이다. SNS에서 유행하는 글쓰기 방식을 시험 답안지에 그대로 옮긴 것을 보고, 교수는 실소를 금할 수 없었다고 한다. 이 답안에는 '덕후'를 비롯한 여러 신조어도 있었다고 한다. 이런 혼란과 착오는 글쓰기에 대한 대학생들의 현주소를 단적으로 보여준다. 사실 글쓰기는 공적인 것과 사적인 글쓰기(SNS 포함)로 나누어진다. 공적 글쓰기와 사적 글쓰기의 장을 무시하고 글쓰기를 하기 때문에 낯 뜨거운 사생활이 인터넷을 떠돌고, 의미도 모르는 방언과 같은 문장들이 보고서나 시험답안지에 횡행하는 것이다.

외국의 글쓰기

우리의 이런 현실과는 달리 외국에서는 글쓰기 교육이 매우 중시되고 또 체계적으로 이루어지는 것을 볼 수 있다.

독일에서는 객관식 문제가 운전면허시험밖에 없다고 한다. 답으로 도출된 결과보다도 거기에 이르는 과정을 더 중시하기 때문에 주관식 문제가 주를 이룬다는 것. 주관식 문제는 대부분 학생들이 이해한 학습의 결과를 이끌어내는 사고 과정을 점검할 때 사용되고, 그것은 실제로 사고력을 증진시키는 데 중요하게 작용한다고 한다.

미국은 글쓰기 교육을 중요시하기로 유명하다. 중·고교 때는 글쓰기 능력을 기르는 데 집중하고, 대학 때는 글쓰기를 아예 필수과목

으로 지정해서 교육 받게 한다. 미국 대학들은 거의 대부분 학교 내에 '글쓰기 지도 센터'를 두고 있으며, 의사소통 센터나 라이팅 센터를 통해 학생들의 글쓰기 능력을 향상시키고 있다. 하버드 대학교를 입학한 우리나라 학생들이 대학 생활 중 가장 힘들었던 것은 페이퍼 쓰기 paper writing라고 한다. 문제를 분석하고 그것을 적절하게 표현하는 능력이 없기 때문에 글쓰기를 해야 하는 상황이 되면 당황해서 어쩔 줄 몰라 한다는 것이다. 이는 단지 우리 유학생들만의 문제가 아니라, 글쓰기 교육을 도외시한 한국 교육의 문제로 치환해도 틀린 말은 아닐 것이다.

　　미국은 글쓰기 능력을 중요시하고 가르친 결과 사회의 지도자들이 글쓰기를 어려워하지 않는 것을 쉽게 찾아볼 수 있다. 오바마 전 대통령과 워렌 버핏은 자신의 생각을 직접 글로 써서 상대방을 감동시키는 인물로 유명하다. 오바마 전 대통령은 연설문의 초안을 직접 쓰거나, 초안을 잡고 비서진들의 의견을 청취한다고 한다. 워렌 버핏

역시 주주들과 고객에게 직접 감사 편지를 써서 감동을 준다. 한 사회의 리더들이 글쓰기를 두려워하지 않고 잘 쓰는 것은 사회적 분위기도 있지만, 이들이 평소 글쓰기 기술을 익히고 습관화하는 데서 나온 것이다.

오바마 전 대통령과 워렌 버핏의 경우처럼, 글쓰기도 다른 분야와 마찬가지로 몇 가지 기술을 익히고 반복된 훈련으로 가능하다. 바버라 베이그는 『하버드 글쓰기 강의』에서 글쓰기는 운동이나 음악처럼 끊임없는 훈련으로 익힐 수 있는 기술이라고 한다. 대개의 사람들이 글쓰기를 할 때 두려워하고 어려워하는 이유는 재능이 없어서가 아니라, 글쓰기에 필요한 기술을 익힐 기회를 갖지 못했기 때문이라는 것이다. 그래서 무엇이든 반복하고 고쳐나가면 점점 좋아지듯이, 글쓰기 역시 처음에는 낯설지만 흥미를 갖고 반복한다면 누구든지 잘 할 수 있을 것이라고 한다.

누구나 글을 쓰는 시대

우리는 그동안 글쓰기를 학식과 재능을 가진 사람들의 고유 영역으로 여겨왔다. 그러나 지금은 누구나 글쓰기를 하는 시대가 되었다. 글을 읽는 시대에서 글을 쓰는 시대!

자신이 갖고 있는 생각이나 느낌을 글로 써보자. 아무리 좋은 생각을 갖고 있어도 표현하지 않는다면 형체 없는 무용지물이다.

유혹하는 글쓰기 | 적자생존 | 전방위 글쓰기 | 글쓰기 공포 탈출하기

모두 글쓰기 관련 책들의 제목이다. 이들 제목처럼 글은 쓰고 또 써 볼수록 향상되는 기술이다. 하나의 단어가 모여 문장이 되고, 문장이 모여 단락이 되고, 단락이 모여 한 편의 글이 된다. 아침, 점심, 저녁 순으로 하루가 만들어지는 것처럼, 글쓰기 능력도 차근차근 순서대로 쓰고 고치다 보면 향상될 수밖에 없다.

학생들과 수업을 하다보면 무엇을 어떻게 써야 할지 고민하는 경우를 많이 본다. 글쓰기 하면 무조건 두려워하고 어려워하는 것이 학생들의 현실이다. 그래서 글쓰기를 하기 전에 먼저 글쓰기에 필요한 기술을 익힐 필요가 있다. 기술은 요령이고 요령은 방법이다.

글쓰기로 다른 사람과 차별화된 능력을 만들어보자.

글쓰기는 힘이다.

오바마 2017년
신년 연설문

새해 복 많이 받으세요, 여러분.

1년의 페이지를 넘기고 미래를 내다 볼 때, 나는 지난 8년 동안 미국을 강하게 만들기 위해 한 모든 일에 대해 감사드립니다. 불과 8년 전, 제가 취임할 준비를 할 때 우리 경제는 우울증에 걸려 있었습니다. 매달 약 80만 명의 미국인이 일자리를 잃고 있었습니다. 일부 지역 사회에서는 거의 5명 중 1명꼴로 직장을 잃었습니다. 이라크와 아프가니스탄에서 약 18만 명의 병력이 복무 중이었고, 오사마 빈 라덴은 여전히 큰 규모였습니다. 그리고 건강관리에서 기후 변화에 이르기까지의 도전들에 대해, 우리는 너무 먼 길을 앞에 두고 있었습니다.

8년 후, 당신은 다른 이야기를 했습니다. 우리는 경기 침체를 회복으로 전환시켰습니다. 우리 사업체는 2010년 초부터 1,560만 건의 신규 일자리를 창출했으며, 다른 모든 주요 선진국 경제를 합친 것보다 더 많은 사람들을 일자리로 돌려놓았습니다. 부활한 자동차 산업은 거의 70만 개의 일자리를 창출했으며, 그 어느 때보다 많은 자동차를 생산하고 있습니다. 빈곤이 줄어들고 있습니다. 소득이 상승하고 있습니다. 사실 작년에 사람들의 전형적인 가구 소득은 2,800달러 상승하여 기록상 가장 큰 증가를 보였습니다. 그리고 바닥과 중간에 있는 사람들은 맨 위에 있는 사람들보다 더 큰 이익을 보았습니다. 2천만 명

이 넘는 미국인이 건강 보험의 재정적 안정성에 대해 알고 있습니다. 우리 아이들의 고등학교 졸업률은 사상 최고입니다. 우리는 이라크와 아프가니스탄에서 165,000명의 군대를 데리고 나왔습니다. 외교를 통해 이란의 핵무기 프로그램을 중단하고 쿠바 국민과 새로운 장을 열었으며, 우리 아이들을 위해 이 지구를 구할 수 있는 기후협정을 중심으로 약 200개국을 모았습니다. 지구상의 거의 모든 나라는 8년 전보다 미국을 더 강하고 존경받는 나라로 보고 있습니다. 그리고 결혼의 평등은 마침내 해안에서 해안으로 이어졌습니다.

　우리는 지난 8년 동안 나라로서 특별한 발전을 이루었습니다. 그리고 여기에 그 일이 있습니다. ― 그것의 어느 것도 피할 수 없는 것이었습니다. 우리가 선택한 엄한 선택의 결과였습니다. 그리고 미국을 계속 전진시키는 것은 우리 모두에게 영향을 미치는 일입니다. 젊은이들이 고등교육을 받을 수 있도록 돕고, 기존 조건을 바탕으로 차별을 종식하고, 월스트리트의 규칙을 강화하고, 어린이를 위해 이 행성을 보호하는 데 이르기까지 ― 우리 모두를 이끌 것입니다.

함께 일하는 그 이야기는 항상 우리의 이야기였습니다. 보통 사람들이 힘들고, 천천히, 때로는 실망스럽지만, 항상 중요한 정부의 자정으로 함께 모이는 이야기였기 때문입니다.

여러분들의 회장으로 봉사하는 것이 내 인생의 특권이었습니다. 그리고 저는 시민의 더 중요한 역할을 맡을 준비를 하면서, 이 나라가 창립이라는 엄청난 약속에 부합하도록 영원히 노력할 수 있도록 모든 단계를 함께 할 것입니다.

우리 모두는 우리의 꿈을 실현할 수 있는 기회를 가질 자격이 있습니다.

행복하고 축복받은 2017년을 보내십시오.

02

글쓰기는
기술이다

●

글쓰기와 글쓰기 경험

지금은 정보화 사회이다. 정보화 사회에서는 메신저로 의사소통을 하는 기회가 많아졌다. 메신저를 통한 의사소통에서 글은 중요한 소통의 수단이다. 소통이 제대로 되기 위해서는 자신이 전하고자 하는 바를 정확하게 표현해야 하고, 또 어떤 것을 부각시키고 강조할 것인지도 정확히 분별하고 드러낼 수 있어야 한다. 그것이 전제될 때라야 제대로 된 소통이 가능하다. 소통 방식이 변화되지 않는 한 글쓰기는 앞으로도 중요할 수밖에 없다. 그렇기 때문에 우리는 글쓰기에 대해서 좀 더 친숙해지고 또 편안하게 활용할 수 있도록 준비해야 한다.

그런데 사람들은 그와 정반대로 글쓰기를 불편해하고 두려워한다. 사람들이 글쓰기를 두려워하는 것은 무엇보다 글쓰기에 대한 경험이 적기 때문이다. 앞에서 말한 대로 글쓰기는 하면 할수록 는다. 운동선수가 같은 동작을 수없이 반복하는 것은 그로 인해 기술이 숙달되고 실전에 적용할 능력이 향상되기 때문이다. 기술이 숙달되면 선수는 어떤 조건에서든 무의식적으로 반사하듯이 움직이고 적극적으로 대응할 수 있게 된다. 그래서 훈련은 실전이라 해도 틀린 말은 아니다.

글쓰기를 시작할 때 우선 드는 느낌은 두려움이다. 그 두려움은 무엇보다 무엇을 써야 할지를 모르는 데서 비롯된다. 한 편의 수필을 쓴다고 했을 때도 우선 어떤 주제로 어떻게 써야 할지 막막해 하는 경우가 많다. 가령 글쓰기의 제목이 주어졌다고 치자. 학교 수업시간에 쓰게 되는 글은 대부분 제목이나 주제가 주어진다. "~에 대해서 논하라." "'가을'이라는 소재로 수필을 써보자." "실험 결과를 보고서로 제출하라." 등, 글의 내용이 주어지기 때문에 글 쓰기가 쉬울 수 있다. 하지만, 사실은 그렇지 않다. 추상적이고 모호한 주제만으로는 결코 좋은 글을 쓸 수가 없다. 실험 보고서가 아니라면 글의 주제란 대부분 추상적이어서 실제로 글을 쓰는 데 도움을 주지 못한다.

'행복'이라는 주제로 짧은 분량의 글을 써 오라고 했다고 치자. 그러면 큰 틀은 주어졌기 때문에 쉽게 쓸 수 있을 것이라고 생각할지 모르지만, 실제로는 무엇을 써야 할지 막막해 하는 경우가 많다. '행복'이라는 말 자체가 워낙 추상적이고 또 모호하기 때문이다. 그래서 중요한 것은 주제를 구체적으로 확정하는 일이다. 막연하고 거창하게 생각하지 말고, 자신이 관심을 갖고 있는 주변 일을 통해서 '행복'이라는 추상적 주제를 구체화할 필요가 있다. 무엇이 행복인지 일상의 기억을 떠올려 보고, 그것을 구체화해서 쓰고자 하는 내용의 범위를 좁힐 필요가 있다.

그리고, 하나의 주제에서 어떤 메시지를 던질 것인지, 무엇을 해결할지 등을 생각해 보자. 여기서 중요한 것은 한꺼번에 완성하려고 하지 말고 단계별로 나누어 생각해 보는 것이다. 처음부터 체계적으로 하지 않아도 된다. 아니 할 수도 없다. 차츰 차츰 체계를 잡아 나가면 된다. 서서히 전체에서 부분으로, 부분에서 더 작은 부분으로 나누어 단계별로 완성하도록 하자.

이 모든 과정이 어렵다면 먼저 말로 표현해 보자. 대부분의 사람들은 글쓰기보다 말하기에 훨씬 더 친숙하다. 구성을 갖춘 논리적인 글쓰기는 사실 쉽지 않다. 글을 쓰기 전에 글의 소재와 주제, 그리고 전개 과정에서 담아야 할 내용들을 먼저 말로 이야기해보는 것이 좋다. 자신의 생각이 어느 정도 정리되고 애매하거나 막연했던 문제가 좀 더 명료해질 수 있으며, 글쓰기에 자신감이 생길 것이다.

생각에 대한 자신감

글쓰기에 대한 두려움은, 한편으로 자신의 생각에 대한 믿음이 없기 때문이기도 하다. 우리는 자신의 생각을 표현하는데 서투르다. 자유롭게 생각을 표현하는 외국의 경우와 달리 우리는 정답만을 말해야 한다는 강박관념을 갖고 있다. 자신의 생각을 표현하는 데는 정답이 없다. 특히 단순한 사실의 확인이 아니라 쟁점이 되는 문제일수록 더욱 그러하다. 글을 쓰는 과정에서 엉뚱한 방향으로 나간다는 생각을 갖고 자신을 잃는 경우가 많은데, 그때 무엇보다 중요한 것은 자신 있게 생각을 밀고 나가는 것이다. 날것^{naked} 그대로의 생각을 과감하게 드러낼 때 의외로 신선하고 참신한 글이 된다.

누구나 단번에 글을 완성하기는 어렵다. 유명한 작가들도 가끔은 백지 앞에서 어떻게 글을 써나갈지 몰라서 막막해 한다고 한다. 이때 쉬운 방법으로, 글과 관련된 떠오르는 아이디어들을 적어 두면 좋다. 자유롭게 생각하고 편안하게 생각하자. 다시 말해 완벽해야 한다는 강박감에서 벗어나서 자신의 생각에 자신감을 갖는 것이 중요하다.

끝으로, 쓰는 방법을 제대로 모르기 때문에 글쓰기가 두렵다. 글은 써본 만큼 향상된다. 자꾸 써보면 좋은 글이 되고 시간도 단축되고 완성도도 높아진다. 중요한 것은 글을 자주 쓰는 습관이다. 글쓰기가 습관이 되어야 일상에서 활용할 수 있다. 한 분야에서 최고의 자리에 오른 인물들이 내세우는 1만 시간의 법칙은 반복과 훈련의 힘을 뜻하는 것이다. 따라서 글쓰기는 실제 쓰기를 통해 익히는 것이 가장 지름길이다.

보고 듣고 읽으며 이해하는 일반 지식과 달리 글쓰기는 연습하고 또 연습하는 과정이 필요하다. 실수를 하면서도 연습을 하다보면 어느새 실력이 향상된다.

글쓰기와 훈련

대부분의 사람들이 글이라고 하면 소설이나 시 창작 등을 떠올리며 어려워한다. 그런데 우리가 사용하는 글은 문학적인 글보다 소통의 수단인 실용적인 글이 대부분이다. 우리가 사용하는 실용 글쓰기와 일상의 소소한 이야기는 얼마든지 훈련으로 향상될 수 있다. 음악, 미술, 운동은 기본적인 기능을 익히고 반복적으로 훈련을 되풀이한다. 피아노는 기본적으로 바이엘과 체르니를 익히고, 미술은 데생이나 스케치 등을 연습하고, 운동 역시 기본적인 기술을 익힌 다음에 다음 단계로 넘어간다. 글쓰기에도 이와 같은 기술 습득과 훈련이 필요하다. 기술이란, 어떤 것을 만들거나 어떤 일을 하는 데 필요한 기법에 대한 체계적인 연구이다.

글쓰기도 기술을 익히고 훈련하면 훨씬 큰 효과를 얻을 수 있다. 직접 글을 쓰고, 쓴 글을 전문가에게 지적받고, 다시 고쳐 쓰고, 이것을 또다시 점검받는 방식으로 훈련을 하면 누구나 글을 잘 쓸 수 있다.

물론, 글쓰기 기술을 익힌다는 것을 부정적으로 볼 수도 있다. 글쓰기는 영혼이 들어가는 정신활동이고 기술과는 무관한 것이라고 생각할 수도 있다. 하지만 영혼의 표현도 적절한 기술을 전제로 해야 온전하게 이루어질 수 있다. 기술은 인간 생활의 발전과 향상을 위해 활용할 수 있는 수단을 제공한다. 글쓰기 기술은 글쓰기에 활용할 수 있는 수단을 익히는 일이다.

최근 들어 많은 사람들이 버킷리스트 중의 하나로 책 쓰기를 든다고 한다. 가끔 나이 드신 분들이 자신이 살아온 이야기를 하자면 '책 한 권으로도 모자란다'고 하며, 살아온 과정을 글로 남기고 싶어한다. 그럼에도 글쓰기는 특별한 사람들의 영역이라고 생각하고 선뜻 글쓰기를 못한다.

책 쓰기, 글쓰기는 거창하고 특별한 행위가 아니라 자신만이 할 수 있는 자신만의 이야기를 진솔하게 풀어놓는 말하기와도 같은 행위이다. 말하듯이 쓴다고 생각하면 조금 쉬울 수 있다. 그렇지만 말을 잘 하기 위해서는 적절한 훈련과 요령이 필요하듯이, 글쓰기에도 적절한 요령과 훈련이 필요하다. 그런 사실을 기억하고 글쓰기의 기술을 익혀둔다면 한층 편안한 글쓰기를 할 수 있을 것이다.

하버드·MIT 학생들의 글쓰기

하버드대를 졸업하고 40대에 접어든 직장인 1600여 명에게 물었다. "당신이 현재 하는 일 중에서 제일 중요한 것은 무엇인가." "대학 시절 가장 도움이 된 수업은 무엇인가." 뜻밖에도 90% 이상이 "글쓰기"라고 대답했다. "그때 '혹독한 글쓰기'를 배우지 못했더라면 큰 일 날 뻔했다. 지금의 나를 키운 건 글쓰기·멘토링이었다. 나이가 들수록 글쓰기 능력이 더 중요하다는 걸 절감한다."

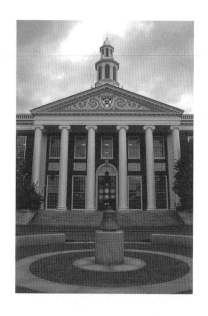

▲ 하버드대학교

이공계 명문인 매사추세츠공대 MIT 졸업생들도 그랬다. 이들의 강력한 건의 덕분에 MIT의 '글쓰기 센터Writing Center'가 탄생했다. 대부분 기술·과학계로 진출하는 이들이 왜 이런 건의를 한 것일까. 막상 사회에 나가 보니 현장 업무의 50% 이상이 글쓰기와 관련돼 있다는 것을 깨달았기 때문이다.

이들 학교를 비롯해 거의 모든 미국 대학은 '글쓰기 센터'를 통해 체계적인 교육을 한다. 하버드에선 학생 전원이 글쓰기 수업을 의무적으로 들어야 한다. 학부와 대학원생을 위한 프로그램도 단계별로 세분화돼 있다. 1 대 1 첨삭 교육도 철저하게 한다. 교수들이 글쓰기 테크닉만 가르치는 것이 아니다. 사고의 전개 과정을 스스로 체득하도록 한다. 숙제의 대부분 역시 글쓰기다.

MIT의 글쓰기 프로그램도 비슷하다. 전담 교수진은 30~40명. 시인·소설가뿐만 아니라 에세이작가, 전기작가, 역사가, 과학자 등 전문 분야도 다양하다. 과학저널리즘에서 SF 소설까지 폭넓게 다룬다. 이 과정에서 코페르니쿠스, 갈릴레이, 뉴턴, 다윈 등 위대한 과학자들이 모두 위대한 작가였다는 걸 일깨워준다.

이렇듯 글쓰기를 강조하는 것은 깊이 있게 사고하는 인재가 많을수록 사회가 발전하고 국가 경쟁력도 강해진다는 믿음을 갖고 있기 때문이다. 지식사회의 공감대가 이미 오래 전부터 그렇게 갖춰져 있다. 학생들도 "글을 안 썼더라면 단순정보만 머리에 잔뜩 집어넣었다는 느낌이 들었을 것"이라며 "글 쓰면서 생각하고 남과 다른 의견을 말하는 과정에서 한 단계 성장하는 나를 발견한다"고 한다.

미국만 그런 게 아니다. 유럽에선 중·고교 때부터 에세이 쓰기에 많은 시간을 할애한다. 한국에 교환교수로 왔던 독일의 한 대학 학장은 "운전면허시험 빼고는 모든 게 글쓰기 시험"이라며 "특히 이공계는 승진할수록 문장 표현력이 중요하기 때문에 글쓰기 교육을 더 한다"고 했다. 글 잘 쓰는 비결을 가르칠 때도 괴테가 '사랑하는 여동생에게 짧은 편지를 쓰려 했는데 시간이 없어서 긴 편지를 쓰게 됐다'고 한 대목을 인용한다. 간결한 글이 가장 좋은데 그만큼 노력이 필요하다는 의미다.

서울대가 올해 신입생부터 '글쓰기 능력 평가'를 도입한다. 자연과학대 신입생 200명부터 시작해 내년 이후 전체로 확대할 모양이다. 10~20%에게는 '1 대 1 글쓰기 멘토링'도 해준다고 한다. 늦었지만 잘한 일이다. 이화여대 등 다른 대학에서도 글쓰기 프로그램이 늘고 있다니 반갑다.

글쓰기는 인간의 창의성을 빛나게 하는 설계도와 같다. 철학자 베이컨도 "독서는 완전한full 사람을, 토론은 준비된ready 사람을, 쓰기는 정밀한exact 사람을 만든다"고 하지 않았던가. '쓰기'야말로 독서와 토론, 성찰이라는 재료로 지은 창의력의 집이다.

- 고두현, 「하버드·MIT 졸업생들의 고백」, 〈한국경제〉, 2017.2.9.

03

읽고
생각하고
쓰자

.

읽기와 세상을 보는 안목

우리는 지금 변화와 변혁의 시대에 살고 있다. 끊임없이 변화를 추구하는 사회에서 성공하려면 남다른 능력이 있어야 한다. 남다른 능력은 훌륭한 인간관계나 노력 외에도 세상을 보는 안목에서 비롯된다. 한마디로 세상이 돌아가는 이치를 깨닫고 미래를 준비하고 예측하는 사람이 능력 있는 사람이다.

그 능력은 독서를 통해서 길러질 수 있다. 독서는 남과 다른 의식과 사고 그리고 세상을 분석하고 해석하는 힘을 길러준다. 책을 읽는다는 것은 경험해보지 못한 새로운 세계를 탐험하는 일과도 같다. '책 속에 길이 있다'는 말처럼, 책 속의 여러 길을 통해서 다양한 경험을 하고 더 큰 세상을 보게 된다. 그러한 경험이 하나 둘 축적되다 보면 어느 순간 세상의 이치가 보일 것이다. 세상이 돌아가는 원리가 책속에 담겨 있기 때문이다. 독서를 통해 세계를 분석하고 해석하는 일에 관심을 가진다면 세상의 이치를 좀 더 깊이 헤아릴 수 있을 것이다.

워렌 버핏은 책을 통해 얻은 정보와 지식, 통찰력으로 다른 사람들과 차별화된 시각, 견해를 가질 수 있었다. 워렌 버핏은 보통 사람들보다 독서량이 다섯 배 이상 많았다고 한다. 그는 열여섯 살이 될때까지 투자, 금융, 증권시장 등 사업 관련 서적을 수 백 권이나 읽었다고 한다. 그는 책을 많이 읽었기 때문에 세상을 보는 지혜를 얻었고, 그 눈을 바탕으로 세계적인 투자가가 될 수 있었다. 그렇기 때문에 독서는 부자가 되고 성공에 이르는 통로나 다름없다.

독서는 우리를 변화시켜 준다. 사르트르에 의하면, 독서는 의식과 사고를 기하급수적으로 도약시켜 세상을 볼 수 있게 해 주는 유일한 도구이다. 독서하지 않는 사람들의 가장 큰 문제는 좁은 사고와 의식에 갇혀 넓은 세상을 볼 수 없다는 것이다. 우물 안 개구리처럼 평생 좁은 세계에 갇혀 있으면 도약과 성장이 불가능하다. 독서는 사고의 지평을 넓혀주고 통찰력이 생기게 도와준다.

그렇다면 문장뿐 아니라 사고의 확장과 혜안을 기르는 독서는 어떻게 해야 할까?

독서 습관 만들기

먼저, 독서다. 다독, 다작, 다상량의 중요성은 변함없는 진리이다. 독서는 한 사람의 삶을 변화시킬 뿐만 아니라 글쓰기를 잘 할 수 있도록 하는 자양분이다. 그런데 요즘처럼 바쁜 시대에서 독서는 그리 쉬운 일이 아니다. 시간이 없다보니 독서가 멀어지고, 그러다보니 자연스럽게 독서가 부담스러운 일이 되었다. 독서와 여유 없는 생활의 악순환! 다시 말해 독서가 습관화되지 않아서 독서의 필요성과 중요성은 인정하지만 쉽게 행하지 못한다는 말이다.

독서에 습관을 붙이기 위해서는 먼저 관심 가는 책부터 찾아볼 필요가 있다. 눈에 띄는 책을 찾아 읽자. 그렇게 시작하다보면 점차 책에 대한 흥미를 얻게 될 것이다. 그러다가 관심사를 좀 더 구체화하고자 한다면 간단한 책 소개와 서평 등을 참조할 수 있다. 신문이나 잡지, 출판 관련 안내서에는 책에 대한 다양한 서평들이 수록되어 있다. 분야별로 나누어 책에 대한 평이 수록되기 때문에 관심 분야를 찾아서 책 소개를 받는다면 큰 도움을 받을 수 있을 것이다.

그렇게 해서 책을 선택했다면, 중요한 것은 끝까지 읽는 일이다. 읽다가 중단하거나 또 내용을 깊게 이해하지 않는다면 독서란 큰 의미가 없다. 선택한 도서가 자신의 관심사와 연관되어 새로운 정보와 지식을 준다면 독서에 대한 흥미는 한층 깊어질 것이다. 그런 흥미를 사고의 심화로 진전시키기 위해서는 동일 저자의 도서를 꾸준히 읽어나가는 것도 좋다. 그 저자의 다양한 생각들을 접하면서 사고의 깊이와 폭을 확장할 수 있기 때문이다.

또, 동일 주제의 도서를 서로 다른 저자들의 도서와 비교해서 읽으면 사고의 확장에 더 큰 도움을 받을 수 있다. 이때 책을 통해 알고자 하는 내용이 무엇인지를 명확히 할 필요가 있다. 길을 떠날 때 목적지가 분명해야 쉽게 길을 찾아가듯이, 독서를 할 때도 자신이 알고자 하는 바를 분명히 자각하고 시작해야 좋은 결과를 얻을 수 있다. 그런 다음에 같은 주제의 책들을 서로 비교하면서 체계화하고 통합하면 한 단계 높은 결론에 도달할 것이다. 이와 같은 방법을 전문적인 용어로는 '주제통합적 글읽기'라고 한다.

이렇게 해서 어느 정도 독서가 축적되면 자신의 관심 영역을 벗어나 사회적으로 쟁점이 되는 도서를 선택하여 점차 독서 범위를 넓히도록 하자. 사실 독서는 다양한 종류의 도서를 읽는 것이 중요하다. 숲 전체를 보아야 넓은 시야를 가질 수 있는 것처럼, 독서는 편식보다는 잡식이 좋다. 잡식은 잡다한 종류의 음식이 아니라 여러 가지 음식을 골고루 먹으면 건강에 좋다는 의미의 잡식이다. 한 그루의 나무에만 집착하면 숲을 이루는 주변 환경을 보지 못한다. 다종다양한 나무를 두루 보아야 숲을 제대로 볼 수 있다.

그리고 독서를 할 때 무엇보다 중요한 것은 능동적 읽기이다. 능동적 읽기는 적극적 읽기의 다른 말이다. 독서는 눈으로만 읽는 수동적 읽기가 아닌 보다 적극적으로 읽었을 때 자신의 것이 된다. 능동적 읽기의 첫 번째는 줄 긋기다. 줄을 그으면서 책을 읽으면 문장과 내용을 깊이 생각할 수 있다. 줄을 그으면 활자만 보게 되는 것이 아니라 행간의 의미를 되새기고 여백에 자신의 생각을 적고 통찰을 하게 된다. 한 권이라도 꼼꼼하게 음미하여 읽다보면 저자의 의도나 사유를 놓치지 않게 된다.

끝으로 독서를 하면서 메모를 하자. 대부분의 사람들이 한 권의 책을 읽고 기억할 수 있는 것은 20%도 안 된다고 한다. 오랜 시간을 투자하여 몇 백 페이지를 읽었는데 얻을 수 있는 것이 책 내용의 20% 정도밖에 안 된다면 독서에 흥미를 잃게 될 것이다. 투자 대비 수익률을 생각하는 것이 인간이다. 이를 위해 가장 좋은 방법은 메모이다. 눈으로 기억하는 것보다 손으로 기억하는 것이 더 오래 간다.

메모로 작성된 독서 노트는 글을 구상하는 과정에서 밑거름으로 활용할 수도 있다. 가령, 저자의 견해 혹은 저자의 견해에 대한 자신의 생각을 메모하는 것이다. 특히, 저자의 견해와 자신의 생각을 비교하는 것은 중요하다. 저자의 생각 중에서 자신의 주장과 상충하는 부분 등을 메모하거나 중요한 쟁점에 대한 자신의 생각 등을 메모하면 사고 확장은 물론 글쓰기의 자료로 유용하게 활용할 수 있다. 그렇기에 책을 통해 얻은 지식이 많으면 많을수록 좋은 글을 쓸 수 있다.

'주제통합적 글읽기'는 같은 주제에 대하여 두 편 이상의 글을 읽고 비교하는 글읽기 방법을 말한다. 주제통합적 글읽기를 할 때는 하나의 화제나 주제와 관련 있는 글들을 선택하고, 선택한 글들에서 주제에 관련된 내용을 훑어 읽는 능력이 필요하다.

주제통합적 글읽기를 실천하기 위해서는 여러 글들을 읽어야 하는데, 여러 글들 중에 주제와 관련이 없는 부분은 주제통합적 글읽기에 도움을 주지 않는다.

주제통합적 글읽기를 할 때 독자는 주제에 대해 좋은 질문을 생성해 낼 수 있어야 한다. 주제에 대한 기본 지식을 이해하고 참고 문헌 등도 접할 수 있어 무엇을 질문해야 하고, 그에 따라 무슨 책을 어떻게 읽어야 할지 방향을 찾을 수 있기 때문이다.

주제통합적 글읽기는 다음과 같은 절차를 통해서 이루어진다.

① 관심사(즉 주제)를 정한다. (주제와 관련이 있는 책을 점검하여 독자 자신의 요구에 가장 밀접한 관계를 가진 곳을 발견한다. 한 권의 책을 샅샅이 이해하기보다 그 책이 자기에게 도움이 되는지를 가려내도록 유의한다.)

② 각 글에서 주제와 관련된 부분을 찾는다.

③ 주제에 대한 질문을 만들고, 각각의 저자로부터 그 질문에 대한 답을 찾는다.

④ 논점이 무엇인지 분명히 한다.

⑤ 필자들의 주장을 분석한다. 필자의 주장이 진실한가, 그것
   에는 어떤 의의가 있는가를 질문한다.

⑥ 필자들의 논점을 비교·대조한다.

신문 읽기와 배경지식

요즘처럼 바쁜 시대에는 책을 통해서만 배경지식을 얻는 것은 아니다. 신문도 좋다. 혹자는 신문은 흘러가버리는 내용이기 때문에 읽기 자료로 적절하지 않다고 한다. 그러나 신문은 세상 사람들의 살아가는 이야기와 새로운 정보와 의견을 전해주는 더 없는 자료이다. 짧은 내용으로 넓이와 깊이를 채울 수 있다는 점에서 신문은 지식의 중요한 원천이다.

강준만은 "매일 신문 사설 10편 내외를 꼼꼼히 읽는 버릇을 몇 개월간만 지속하면 자신의 글쓰기 실력이 놀라울 정도로 달라져 있다는 걸 느끼게 될 것이다"라고 한다. 그렇지만 무조건 읽는다고 해서 도움이 되는 것은 아니다. 앞에서 독서는 능동적인 읽기가 필요하다고 하였는데, 신문은 비교해서 읽을 필요가 있다. 신문은 신문사의 일정한 입장과 편집 방향을 반영한다. 진보적인 입장을 견지하는 신문사도 있고 보수적인 입장에서 사회 현실을 바라보는 신문사도 있다. 그래서 동일한 주제와 사건이라도 서로 다른 신문사의 것을 비교해 볼 필요가 있다. 서로 다른 입장을 비교해 봄으로써 어떤 사건을 보다 종합적으로 이해하고 또 어떻게 보는 게 좋은가에 대한 암시를 얻을 수 있다. 최근 학생들의 사고력을 키우기 위해 같은 주제이지만, 입장

이 다른 두 신문사의 사설을 비교해서 읽히는 것은 그런 측면에서 바람직한 활동이라 하겠다. 그런 활동을 통해서 학생들은 글쓰기에 필요한 지식과 함께 입장의 중요성을 배우게 된다.

신문은 또한 어느 정도 검증된 기자들에 의해 쓰인 글이기 때문에 글쓰기 방법을 익히는 데도 도움이 된다. 특히, 신문기사는 매우 압축적인 글이다. 사실 긴 글쓰기보다 짧은 글쓰기가 더 어렵다. 전달하고자 하는 내용을 정확하고 명료하게 표현하기 위해 핵심을 압축한다는 것은 그리 쉽지 않다. 가령, 장편 영화는 긴 시간 동안 관객의 주목을 끌기 위해 꼭 필요하지 않은 우스운 장면을 삽입하기도 한다. 관객은 장편 영화에서 핵심적인 내용만 기억하면 된다. 그러나 단편 영화는 짧은 시간 안에 내용을 압축적으로 담아서 주제를 전달해야 하기 때문에 어느 한 장면도 놓쳐서는 안 된다. 신문 역시 짧은 지면에 여러 정보를 담아야 하기 때문에 압축은 불가피하다. 때문에 신문사 논설위원이나 기자들은 압축적 글쓰기 능력이 뛰어나다. 짧은 지면과 시간 제약을 의식하면서 쓰는 신문 기사는 좋은 읽을거리이자 동시에 글쓰기의 좋은 교본이다.

문화 콘텐츠와 인문 정신

얼마 전, 신문에서 〈일상생활에서의 정서경험과 콘텐츠 소비의 관계〉를 조사한 결과를 보았다. 많은 사람들이 정서적인 경험이나 감정 표현을 영화나 드라마 등 문화 콘텐츠 소비에 주로 의존하고 있다는 기사였다. 최근 '웃어본 일'에 대해 물어본 결과, 대부분의 사람이 웃어본 경험은 있지만 그 웃음은 일상생활에서 경험한 것이 아니라, 주로 문화 콘텐츠 소비와 관련이 깊은 것으로 나타났다.

사람들을 웃게 만든 것은 예능 프로그램(66.7%)과 드라마·영화 감상(66.6%) 등이었다. 이는 대화를 하면서 웃은 것(59.6%)보다 훨씬 큰 비중을 차지했다. 특히, 전체 10명 중 3명(29.8%)은 드라마와 영화를 보는 것이 요즘 '삶의 유일한 낙'이라고까지 말하였다. 영화, 드라마, 책, 웹툰, 음악 등 각종 문화 콘텐츠를 소비하는 이유는 대체로 일상생활에서 지친 감정을 치유하려는 목적과 자신만의 시간 및 문화 생활을 영위하기 위한 데 있었다. 문화 콘텐츠 소비로 감정을 느끼고 스트레스 풀고 힐링을 하는 현대인의 모습을 단적으로 보여주는 것이다.

여기서 주목하고자 하는 것은 현대인들이 다른 어느 매체보다 콘텐츠를 많이 접한다는 사실이다. 문화 콘텐츠가 곳곳에 포진되어 있고 이를 쉽게 접하는 우리에게 콘텐츠는 글쓰기 능력을 함양할 수 있는 좋은 재료라는 점이다. 자신이 자주 접하는 TV, 영화, 웹툰, 게임 등 모든 매체가 글쓰기의 배경지식으로 기능할 수 있다.

글쓰기는 무의식과 의식이 혼합된 결과물이다. 일상생활에서 경험하는 모든 것들이 글쓰기의 재료이다. 좋은 글을 쓰기 위한 중요한 조건 중의 하나가 바로 관찰과 경험이다. 사람들의 이야기, 세상의 이야기 등을 관찰하여야 한다. 글을 잘 쓰는 사람은 다양하게 경험하고 쉴 새 없이 관찰하고 몸소 체험한다. 글쓰기는 상상만으로는 부족하다. 우리가 평소에 접하는 문화 콘텐츠는 그런 것을 가능케 하는 좋은 매체이다.

최근 1990년대 중후반 인기를 끌었던 포켓몬스터가 20년간 진화에 진화를 거듭하여 증강현실이라는 IT를 입고 새롭게 태어났다. 포켓몬고는 이러저러한 문제로 인해 끊임없이 뭇매를 맞고 있지만, 여전히 사람들의 인기를 끌고 있다. 포켓몬고의 성공 요인은 콘텐츠에 있지만, 다른 한편으로 스토리텔링의 힘을 간파한 일본의 요괴학에 있다고 한다. 포켓몬고의 성공에서 주목하고자 하는 것은 정보기술과 산업이 아무리 발전한다고 해도 인간에 대한 이해와 세상에 대한 이해가 근본 바탕을 이루어야 한다는 점이다.

글쓰기의 방식이 다양하게 변한 현실에서도 모든 글쓰기의 기본은 인문학적 글쓰기이다. 인간에 대한 이해와 사랑이 바탕이 되어야 좋은 글이 된다. 성공한 문화 콘텐츠는 바로 인간과 세상과 세계에 대한 이해를 바탕으로 한 콘텐츠이다.

우리는 지금 디지털 시대, 인터넷 시대, 온라인 시대를 살고 있다. 이들의 특징은 시공을 초월하여 실시간으로 많은 볼거리를 제공한다는 데 있다. 이는 우리가 주변과 세상을 보는 시각이 달라져야 한다는 것을 말해준다. 볼거리가 넘치는 세상, 반드시 신문이나 종이책이 아니어도 좋다. 자신이 즐기는 매체를 제대로 보고 다양하게 접하면 된다.

　인간은 오래 전부터 자신의 생각이나 감정을 글로 기록해 왔다. 기록 초기에는 주로 점토판이나 파피루스, 죽간 등에 기록을 했고 종이가 발명되고 인쇄술이 발달하면서 종이에 기록한 이래 인쇄 문화가 발달하게 되었다. 오늘날에는 다양한 전자 매체와 인터넷의 광범위한 보급에 따라 지식과 정보가 다량 유통되고 그에 따라 정보의 수용과 생산 방식도 급변하고 있다. 종이 책뿐만 아니라 전자책 단말기, 스마트폰, 태블릿 컴퓨터와 같은 휴대용 전자 기기 등으로 독서 매체가 다양하게 확대되었고, 그에 따라 전자책 콘텐츠도 풍부하게 제작·소통되고 있다. 이러한 미디어 환경의 변화를 반영하는 '디지털 도서관'이 정착되는 등 예전에는 경험하지 못했던 새로운 독서 환경과 독서 문화가 형성되고 있다. 그 결과 독서의 성격이나 방법도 새롭게 달라지고 있다.

　엄청난 양으로 생산되는 정보의 홍수 속에서 무엇보다 중요한 것인 비판적 수용이다. 매체가 급속히 발전함에 따라 매체 자료 역시 무분별하게 생산되고 유포되고 있다. 따라서 매체 자료를 수용할 때에는 주체적이고 비판적인 태도가 필요하다. 먼저 자료가 누구에 의해, 언제, 어떻게 만들어진 것인지를 파악해야 한다. 또한 자료의 주장과 근거가 적절하고 합리적인지, 객관적이고 믿을 만한 것인지도 살펴야 한다. 자료의 내용이 왜곡이나 과장은 없는지 편파적이지는 않은지에 대해서도 점검해야 한다. 타당하지 않고 신뢰할 수 없는 자료나 근거를 확인하기 어려운 자료에 대해서는 내용이 아무리 매력적이더라도 비판적 거리를 두고 수용하는 것이 좋다.

- 타당성 - 주장과 근거가 이치에 맞고 합리적인지 판단한다.
- 신뢰성 - 정보나 자료가 믿을 만한지 판단한다.
- 공정성 - 매체 자료가 공평하고 정의로운지 판단한다.

생각하기와 창의력

2016년 초, 다보스 포럼 보고서에 의하면 앞으로 관리직과 화이트칼라 직업이 가장 많이 정리해고될 것이며, 사무와 관리 직종은 476만 개, 제조와 생산 직종은 161만 개가 줄어들 것이라고 예측하였다. 다보스 포럼과 옥스퍼드 대학의 연구 결과에 의하면, 20년 안에 기존 일자리 세 개 중 한 개가 없어지고, 2016년 기준으로 전 세계 7세 어린이의 65%는 지금은 없는 일자리에서 일하게 될 전망이라고 하였다. 이는 앞으로 급변하는 세상에서 자신만의 무기가 무엇보다 중요하다는 것을 시사해준다. 그런 현실을 반영하듯이 우리는 사회 곳곳에서 '창의력'이라는 단어를 쉽게 찾아 볼 수 있다.

창의력은 새로운 생각이나 개념을 찾아내거나 기존에 있던 생각이나 개념들을 새롭게 조합해 내는 능력을 말한다. 시대를 앞서가고 진보하기 위해서는 기존의 생각과 다른 사고가 필수적이다. 이는 글쓰기의 경우도 다르지 않다.

글쓰기는 문장력과 표현력을 갖추어야 한다는 점에서 일종의 기술을 필요로 한다. 그러나 기술만을 익혀서는 좋은 글이 되기 어렵다. 글쓰기는 글자 쓰기가 아닌 생각 펼치기라는 점에서 사고력을 전제하지 않고는 좋은 글을 쓸 수 없다. 글쓰기는 사고력과 표현력의 상호 보완 작용이다.

글쓰기를 잘 하기 위해서는 어떻게 '생각'을 해야 하는가? 생각도 훈련으로 가능하다. 생각은 할수록 진화한다. 생각을 바탕으로 상상을 하고 발상의 전환을 꾀한다면 창의력은 물론 시대를 앞서는 혜안을 갖게 될 것이다.

글쓰기와 생각의 숙성

글쓰기는 본질적으로 문장을 이어가는 행위이면서 어떤 생각을 표현하는 행위이다. 글을 쓰면서 생각을 떠올리고 생각을 다듬어 정리하고 새로운 생각을 발견하여 깨닫는, 즉 생각의 연속이다. 어떤 것을 쓸 지에 대해 더 오래 생각할수록 좋은 글이 된다.

취업을 위해 자기소개서를 쓴다고 해보자. 자신의 성격에 대해 쓴다면, 취업하고자 하는 회사의 인재상과 연결할 것인지, 다른 사람으로부터 평가받고 있는 점을 중심으로 서술할 것인지, 그도 아니면 당당하게 자신이 생각하는 강점을 부각시킬 것인지 등 여러 각도에서 오래 생각하고 묵혀야 좋은 글을 쓸 수 있다. 오래 생각하고 숙성시키면 그 소재를 이해하고 장악할 수 있다. 아울러 대상과 사물에 대한 통찰력이 생겨 전체와 부분 모두를 볼 수 있다.

글쓰기는 생각의 과정을 거쳐서 나온다. 좋은 재료가 좋은 음식을 만들 듯이, 풍부한 자료를 바탕으로 하여 다각도로 생각하고 또 생각해야 좋은 글이 된다. 초고에 들어가기 전에 어떻게 단락을 구성하고 소재를 배치할지, 또 논의의 층위를 어떻게 할지 등을 두루 생각해야 한다. 물론 초고를 끝내고 퇴고를 할 때도 생각을 계속해야 한다.

　숙성된 생각은 어휘와 문장에 생기를 불어넣는다.

독창적인 안목

21세기는 어떤 직업을 갖든 전방위적으로 창의적인 상상력과 자신만의 독창적인 안목을 필요로 한다. 이는 자신만의 독창적인 생각을 전제로 한다. 하지만 우리의 교육 현장은 시대를 역행하고 있다.

　예전에 모 TV프로그램에서, 국내 최고 명문대의 학점 좋은 학생들의 공부 방식을 다룬 적이 있었다. 그 학생들의 공통점은 수업시간에 교수의 강의 내용을 토씨 하나 틀리지 않고 받아 적거나, 아니면 전부를 녹음해서 다시 듣고 내용을 빠짐없이 타이핑하는 것이었다. 그것을 암기해서 시험지에 그대로 옮겼는데, 과연 이러한 방식으로 학점을 올리는 것이 올바른 공부인가를 생각하게 하는 프로였다. 이런 방식의 문제점은 학생들이 생각하는 능력을 스스로 박탈해버렸다는 데 있을 것이다. 그렇지만 안타깝게도 그런 현실은 우리 교육 현장 곳곳에서 목격된다. 대학은 스스로 생각하는 능력을 길러 문제를 찾고 해결할 수 있도록 훈련하는 공간이다.

　자기 생각과 관점으로 세상을 보고 표현하는 능력을 개발할 필요가 있다. 중요한 것은 잠재된 능력을 계발해서 자신만의 독창적인 아이디어로 만드는 일이다. 아인슈타인에 의하면 "모두가 비슷한 생각을 한다는 것은 아무도 생각하고 있지 않다는 말"이라고 한다. 남들과 비슷한 생각을 가지려고 하지 말고 자신만의 독특한 생각을 확립하는 것이 중요하다. 자신만의 생각과 관점으로 독창적인 아이디어를 생성하는 노력이 필요하다.

생각의 폭 넓히기

넓이와 깊이를 갖춘 생각과 시선을 위해서는 숲을 보고 나무를 보고 가지를 보아야 한다. 사람은 대체로 자신이 보고 싶은 것만 보거나, 눈앞에 있는 것만을 주시한다. 때로는 그것이 불편한 것임을 알면서도 그 익숙함에서 벗어나지 못하는 경우가 많다. 근시안적인 시선과 사고는 성장을 돕지 못한다. 이전의 방식과 달리 눈앞의 나무만 보지 말고 큰 숲을 보고 나무를 보고 다시 가지를 바라보는 전략이 필요하다.

숲과 나무는 망원경과 현미경이다. 망원경은 먼 곳에 있는 물체를 확대하여 보는 것이고, 현미경은 작은 물체의 모습을 확대하여 보는 것이다. 망원경과 현미경은 각각의 장·단점이 있다. 그러나 망원경이 먼 곳에 있는, 즉 우리에게 다가올 시대를 보여준다는 점에서 현미경과는 또 다른 장점을 갖고 있다. 지금처럼 급변하는 시대에서는 망원경처럼 봐야 한다. 눈앞에 보이는 현상만 보지 말고 시야를 넓혀서 그것을 이루고 있는 주변 모든 환경과, 눈에는 보이지 않는 보다 넓고 깊은 것을 인식하라는 의미이다. 눈앞에 있는 나무만 보아서는 미래를 준비할 수 없기 때문에 나무만 보지 말고 숲 전체를 보는 것이 중요하다.

글쓰기를 잘 하기 위해서는 대상이나 문제에 대해 끊임없이 생각하고 자신만의 독창적인 관점을 만들어야 한다. 사고력을 넓히기 위해서 다음과 같은 방법을 실천해 볼 수 있다.

① **깊이 있게 생각하고 끈질기게 생각하자.** 인간은 대개 어떤 문제에 직면하면 피상적으로 생각하고 쉽게 해결하려고 한다. 그러나 개념 하나라도 깊이 있게, 오랫동안 붙잡고 사고하는 습관을 가지면 문제 해결은 물론 그 이상의 효과를 얻을 수 있다. 그러므로 진중하게 사고하는 습관이 필요하다. 글쓰기는 자신의 생각을 반영하는 만큼 깊이 있는 사고를 자주 하고 이를 글로 써보는 습관이 필요하다.

② **논리적·체계적으로 생각하자.** 깊이 있게 생각하였지만 정리가 되지 않는다면 그 생각은 무의미하다. 논리적으로 생각할 줄 알아야 체계가 잡히고 다른 문제를 사고할 때에도 도움이 되어 정신적으로 성숙한 사고를 할 수 있다.

③ **뒤집어서 생각하자.** 기존의 것을 그대로 받아들이지 말고 사회적 통념에 대한 비판적 태도를 가질 필요가 있다. 다른 사람들이 아무 생각 없이 내던진 말을 무비판적으로 따라가서는 올바른 사고를 할 수 없다. 상식에 대한 반란을 기도할 줄 알아야 독창적인 사고가 열리게 된다.

④ **논쟁적으로 생각하자.** 봉착한 사안에 대해 열정적으로 치열하게

사고해야 한다. 이럴 수도 있고 저럴 수도 있다는 무원칙적 생각
은 무용지물이다. 원칙을 가지고 자신의 주장을 적극적으로 제
시하는 자세를 가진다면 문제의 핵심을 정확히 짚을 수 있을 것
이다.

⑤ **균형 있게 생각하자.** 균형은 기울거나 치우치지 않고 고른 상태
를 말한다. 즉, 한쪽에 치우치지 않는 중심으로 올바른 태도와 행
동 뿐 아니라 사고도 균형을 이루어야 한다. 균형 잡힌 사고만이
독단과 독선이 되지 않으며 사물과 현상을 올바르게 인식할 수
있다.

⑥ **본질적으로 생각하자.** 현상에 집착하고 본질을 보지 못하는 사고
는 피상적이다. 사과가 떨어지는 현상은 수많은 사람들이 보아왔
지만, 그 배후의 힘을 보았기 때문에 뉴턴은 만유인력의 법칙을
발견할 수 있었던 것이다.

⑦ **현실적으로 생각하자.** 인간의 모든 사고와 감정은 '현실'보다 작
다. 현실이야말로 모든 사고와 감정의 집이다. 우리가 관념적으로
사고하고 있을 때 현실은 새로운 현실을 낳고 있다. 그러나 현실
을 따라잡는 식의 사고를 하라는 말은 아니다. 구체적 현실이 요
구하는 방향 내에서 사고하라는 것이다. 더구나 관념적으로는 그
럴듯한 논리도 사실은 현실적으로 보면 아무 것도 아닐 수 있다.

⑧ **폭넓게 생각하자.** 현대 사회는 정보화 시대다. 많은 정보가 쏟아지듯 산출되고 있다. 이럴 때 과거의 단순한 정보에 머물러 있다면 문제가 아닐 수 없다. 다양한 정보를 신속하게 습득하려는 자세가 요구된다.

쓰기 훈련과 21세기의 지도자

세상은 보여주기를 기다린다. 말이나 글로 보여주지 않으면 세상은 당신이라는 존재를 모른다. 이때 글은 당신을 효과적으로 드러내는 최적의 도구이다. 남과 다르지 않으면 세상은 인정하지 않는다. 그 다름을 보여주는 가장 쉬운 방법이 쓰기이다.

자신을 보여주는 것 외에도 쓰기는 읽기를 유발한다. 쓴다는 일은 배경지식과 사유를 포함한다. 배경지식이 없이는 내용을 채우기 힘들다. 많이 읽어야 배경지식도 풍부하게 형성될 수 있다. 글에서 다루어야 할 소재는 다양한 자료 읽기에서 출발한다는 것이 읽기를 중시하는 이유이다.

쓰기를 통해서 우리는 생각을 정리할 수 있다. 생각한 것을 명료하게 써보면 자신의 가치관과 목표 등을 세울 수 있다. 자신이 무엇을 원하는지 그것을 이루려면 어떤 방법을 모색해야 하는지 등을 정확하게 알아야 한다.

윌리엄 포크너에 의하면, "21세기는 쓰지 않고는 리더가 될 수 없다"고 한다. 리더는 자신의 생각이나 개념, 방향, 의견 등을 조직에 알려야 한다. 캐치플레이즈 하나로도 조직의 분위기를 이끌어야 하는 것이 리더의 역량이다. 쓰기의 습관을 통해서 그것이 가능하다.

미국의 MIT 대학은 세계 어느 대학보다도 많은 예산을 들여 체계적인 글쓰기 교육을 한다고 한다. 사회에 진출 이후 무엇보다 필요한 것이 글쓰기인 까닭이다.

무조건 쓰기

미국 작가 로버트 하인라인에 의하면, 글쓰기의 첫 번째 왕도는 '무조건 쓰기'이다. 일단 마구 쓰라고 한다. 우물물을 퍼내면 고이듯이 '마구 쓰기' 자체가 생각을 발전시킨다는 것. 머릿속으로 생각만 하는 것은 글이 아니다. 아무리 좋은 소재도 쓰지 않으면 의미가 없다. 때로는 망설이지 않는 것이 도움이 된다. 가령, 길거리 신호등을 건너는데 초록불이 조금 남은 경우가 있는데, 이때 건널까 말까 망설이면서 15→14→13→ …… 숫자를 보고 있으면 갈등이 생긴다. 결심을 하면 서둘러 뛰어야 한다. 글쓰기도 결심이 서면 무작정 시작해 볼 필요가 있다. 그렇게 해야 쓰기에 대한 두려움을 없애고 잘 쓰게 될 것이다.

쓰기가 어려우면 쉬운 것부터 시작하자. 자신의 이야기는 누구보다 자신이 잘 알고 있다. 관심 갖고 있는 것이 무엇인지, 싫어하는 것이 무엇인지, 최근에 경험한 것 중 인상적이었던 것은 무엇인지 등 간단하고 소소한 것에서부터 시작하자. 이것이 발전하면 어려운 주제도 그리 힘들지 않게 소화할 수 있을 것이다.

블로그나 SNS의 활성화로 글쓰기가 일상화가 되었다. 일상생활을 글쓰기와 연결하는 것이 효과적이다. 자신이 즐기는 콘텐츠를 들여다보자. 다만 이를 글쓰기로 연결하자. 살아가는 환경이 다른 세대들을 기성세대의 프레임으로 평가하는 것은 옳지 못하다. 컴퓨터, 인터넷, 모바일, 스마트폰 등 태어날 때부터 이러한 환경에 접해온 세대들에게 필요한 것은 이를 적극 활용하여 다른 무엇인가를 창출해내는 능력이다.

꾸준히 쓰는 사람만이 결국 쓰기의 승자가 된다. 글은 한 땀 한 땀 바느질 하는 것과 같다. 앞 문장이 끌고 뒷 문장이 받쳐주면서 나가는 것이다. 결국 꾸준히 하면 누구나 할 수 있는 것이 쓰기이다.

블로그blog

블로그blog는 자신이 관심 갖고 있는 분야에 대한 생각이나 알리고 싶은 견해, 주장 같은 것을 웹에다 올리는 것을 말한다. 다른 사람도 볼 수 있게 열어놓는 온라인상 글 모음집이다. 블로그는 개인적인 성격을 갖고 있지만, 인터넷을 통해 전파된다는 점에서 1인 미디어라고도 부른다.

블로그blog는 잘 만들면 취업에 도움이 된다. 기업 인사담당자들은 채용 시, 지원자의 블로그나 미니홈피 등 1인 미디어를 참조한다고 한다. 1인 미디어를 참조하는 이유로 인성과 평상시 모습, 직무에 대한 관심도 등을 파악하고 직무 적합도 판단 활용을 들었다. 앞으로 열린 채용과 블라인드 채용 등에서 1인 미디어를 활용하는 기업들은 더욱 늘어날 전망이기 때문에, 블로그를 알차게 꾸며 보는 것도 좋을 듯하다. 자신이 관심 갖고 있고 잘 하는 것을 기반으로 블로그를 만들어 보자.

리뷰review

리뷰review는 소감문이다. 일반적으로 소감문은 각종 시상식의 수상자 등이 수상 소감을 밝히는 것을 말한다. 그런데 여기서 소감문은 어떤 제품을 사용해 보고 그에 대해 평가하는 글을 말한다. 자신이 쓰고 있는 스마트폰, 노트북, 화장품 등 모든 물건이 리뷰 대상이 된다. 자주 사용하는 것부터 사용기를 써보자. 이때 중요한 것은 상품에 대한 사용 후기나 개선점 등을 꼼꼼하게 평가하는 것이다. 즉, 그 대상에 대하여 미추, 장·단점, 우열 등을 평가하는 것이 바람직하다.

요즘 기업들은 리뷰 마케팅을 활용하는데, 입소문에 민감한 소비자들을 의식하여 리뷰슈머를 적극 이용하고 있다. 리뷰슈머는 다른 사람보다 먼저 제품을 사용해 보고 온라인상에 제품에 대한 평을 올리는 사람이다. 리뷰슈머로 활동하다가 파워 블로거가 된 사람들도 있다. 사실 누구나 리뷰슈머가 될 수 있다. 자신이 사용하는 제품에 대해 사진을 찍고 정성스러운 글을 써서 포스팅 하면 된다.

SNS 활용하기

SNS는 접근이 편리하고 짧은 글쓰기로 인해, 지속적으로 글쓰기를 하는데 적합한 매체다. 형식에 얽매이지 않고 개성껏 자유롭게 쓰면 된다. SNS는 비록 짧고 소소한 일을 쓰는 것이지만, 이를 꾸준히 하다보면 글쓰기 능력을 신장시킬 수 있다. 그리고 자신이 쓴 글에 대해 즉각적인 반응을 확인할 수 있어서 글쓰기에 더욱 관심을 갖게 될 것이다.

요리 방법, 맛집 탐방기

바야흐로 먹방 시대다. 즉, 먹는 방송이 대세다. 먹방은 출연진들이 맛있게 먹는 모습을 보면서 즐거움을 느낄 수 있고, 다이어트 혹은 다른 이유로 인해 못 먹는 경우 방송을 통해 대리만족을 느낄 수 있어서 많은 사람들이 좋아한다. 그리고 먹방을 보고 난 후, 어렵지 않은 요리는 한번쯤 도전을 하기도 한다. 예를 들어, 김치찌개를 만들 수도 있고, 잔치국수를 만들 수도 있고, 피자를 만들 수두 있다. 이때 생활 속에서 쉽게 할 수 있는 요리 방법을 적고 그 맛에 대해 평가하는 글을 적어보자. 만약, 자신만의 독창적인 요리가 있다면 그 또한 적어보자. 요리 재료, 순서 등 레시피를 적어보자. 또한 맛집을 방문해 요리 사진을 찍고 맛에 대한 평가 등 맛집 탐방기도 적어보자. 이를 블로그에 올려도 좋고 포스팅 해서 요리책으로 내는 것도 권한다. 요리 관련 글은 누구나 쓸 수 있다. 맛있고 독특한 요리는 누구나 좋아하기 때문이다.

음악 감상(그림 감상)

자신이 좋아하는 음악 장르를 선택하고 감상을 한 다음 글로 써 보자. 예를 들어 가요를 듣고 리듬, 가사, 창법 등을 생각해 보자. 간혹 외국인들이 케이팝은 들을 때는 신나는데 가사는 좋은 의미가 별로 없다고 한다. 이는 여러 이유가 있겠지만, 정서상의 문제도 있을 것이다. 그렇다면 실제 자신이 가요를 들었을 때 어떤 느낌이 와 닿고 왜 그러한지 등을 써보면 글쓰기를 쉽게 할 수 있다. 또한 클래식을 감상한 뒤, 멜로디 변화를 글로 써보자. 가령, 협주곡은 화려하고 경쾌한 곡인데 각 악장마다 달라지는 부분을 중점으로 하여 그에 대한 자신의 생각을 적어보면 된다. 여기서 한 걸음 더 나아가 동일 작곡가의 여러 곡을 듣고 어떤 방식으로 작곡했는지 등을 써 보는 것도 좋다. 그림도 음악 감상과 같은 형태로 그림 혹은 화가를 대상으로 하여 쓰면 된다.

04

새로운 것을 찾아라

•

창의적 사고가 최고의 자산이다

지금 우리 사회는 하루가 다르게 변하고 있다. 변화와 속도의 시대, 대체 가능한 사람이 아니라 대체 불가능한 인재가 되기 위해서는 창의적 사고력을 가져야 한다. AI(인공 지능)가 사회 전반으로 확산되고 전세계가 일일생활권으로 통하는 현실에서 남과 다른 나만의 재능, 나만이 할 수 있는 일, 나만의 감성을 갖춘 사람만이 살아남을 수 있다. 이를 위해 스스로를 계발하고 양성하는 노력이 필요하다. 즉, 끊임없이 창의적으로 사고를 할 수 있어야 도태하지 않고, 시대 흐름을 좇을 수 있을 것이다. 창의적 사고는 기존의 것을 변형하거나 새롭게 모방하는, 그리고 발상을 전환하는 등의 방식으로 가능하다.

광동제약의 '비타 500'은 발상의 전환으로 성공한 제품이다. '비타 500'이 출시되기 전 드링크 시장의 1위는 단연 '박카스'였다. '박카스'는 1961년 정제 형태로 출시되었던 것을 1967년에 드링크로 바꾸면서 부동의 1위 자리를 유지하였다. 그런 드링크 시장의 판도를 바꾼 것은 창의적 사고였다. '비타 500'이 성공할 수 있었던 요인은 역발상이었다. '비타 500'은 '박카스'가 일반 의약품으로 분류되어 약국에서만 팔 수 있다는 사실에 착안해서, 카페인 성분을 제거하고 의약외품으로 허가를 받았다. 의약품이 아니니 약국은 물론 동네 슈퍼마켓과 편의점 등에서도 팔 수 있었고, 결국 장소를 차별화함으로써 '박카스'의 옹벽을 넘어설 수 있었다. 곧, 비타민C는 약국에서만 파는 것이라는 고정관념을 깨고 판매처를 다변화하는 발상의 전환을 통해서 성공에 이른 것이다.

창의적이고 혁신적인 변화를 거론할 때 가장 먼저 떠올리는 것은 애플사의 스티브잡스이다. 애플은 혁신적인 기업으로 알려져 있지만, 사실은 외부에서 얻은 기술과 자체 아이디어를 결합하여 새로운 제품으로 조합해 내는 탁월한 능력을 갖고 있는 기업이다. 이는 스티브잡스가 '모방'에 대해 긍정적인 인식을 갖고 있었기 때문에 가능하였다. 그는 "위대한 아이디어를 훔치는 것에는 수치심을 느끼지 않는다"라고 할 정도로 모방을 긍정적으로 해석하고 받아들였고, 그것을 혁신의 계기로 삼았다. 기존의 기술을 새로운 방향으로 결합해서 '아이팟'으로 세계 시장을 정복하고, '아이폰'이라는 또 다른 혁신적 제품을 만들게 된 것이다. 알다시피 아이팟은 사용자 중심 인터페이스의 MP3 플레이어로서 아이튠즈(iTunes; 온라인 음악 재생 목록관리 프로그램이자 플레이어)와 연동해 사용할 수 있다. 아이폰은 그것을 휴대전화에 응용한 것이다.

▲ 모토로라와의 합작품이자 애플의 첫 번째 휴대전화, 락커(ROKR)

이처럼 혁신은 세상에 없는 아이디어를 창조하는 것이 아니라 다른 분야의 지식을 모방하고, 현재의 필요에 맞게 재창조하는 행위이다. 그런 경우를 중국의 샤오미에서도 볼 수 있다.

중국의 샤오미는 2010년 설립하여 10년도 채 안 돼 기업으로, 세계 4위 스마트폰 제조사로 우뚝 섰다. 샤오미는 초기부터 애플의 아이디어나 콘셉트를 가져왔다는 것을 당당히 밝혔다. 샤오미는 이미 시장에서 검증된 인기 있는 제품을 모방하여 거대시장 중국을 장악하려는 전략을 세웠다. 새로운 제품이 아닌 기존의 제품을 모양과 크기 등을 변형하여 새롭게 만들어낸 제품으로 시장을 공략했고 그것이 통해서 급격한 성장을 이룩하였다. 샤오미의 회장 레이쥔은 애플과 스티브잡스를 그대로 모방하지만, 원제품보다 더 싸고 더 작고 더 가볍게 만들어 생산해 내는 전략을 갖고 있었고, 그것이 통한 것이다. 이를테면, 모방에 혁신을 더한 것이다.

▲ 샤오미 로고

'21세기의 부는 연결하는 자에게 있다'는 말이 있다. 알리바바, 아마존, 페이스북, 카카오, 구글, 네이버, 이들의 공통점은 제품이나 서비스를 서로 연결해주는 일을 통해 성공한 기업이다. 이들은 사람들이 서로 필요로 하지만 직접 만나기 힘든 집단과 집단을 효과적으로 연결시켜서 부를 획득한다. 알리바바와 아마존은 판매자와 구매자를 연결시키고, SNS는 다양한 개인들을 연결시켜 교류나 거래를 중재·촉진하는 플랫폼 네트워크이며, 구글과 네이버 역시 수많은 정보를 수집하고 선별해서 사람들에게 새로운 정보를 제공하고 가치를 부여한다. 이 기업들은 '연결'이라는 새로운 패러다임을 생산해서 21세기의 부를 축적하고 있다. 세상의 모든 아이디어는 기존의 것을 바탕으로 하여 다른 아이디어를 결합하고 연결해서 만들어진다. 진정으로 한 개인의 독창적인 아이디어는 세상에 존재하지 않는다. 얼마나 잘 모방을 하고, 얼마나 잘 연결하느냐에 따라 창의적이고 혁신적인 상품이 탄생하는 것이다.

　이처럼 혁신은 이미 존재하는 것을 재조합한 결과로 만들어진 것으로, 이미 알고 있는 것을 조금씩 변형해서 이루어진다. 혁신의 본질은 무에서 유를 만드는 게 아니다. 새로운 아이디어나 제품을 만드는 것이 아니라 이미 존재하는 것을 새롭게 해서 재창조하는 것이다. 따라서, 기존 지식이나 기술, 제품 등을 모방하면 얼마든지 혁신적인 것을 만들어 낼 수 있다.

　이는 글쓰기에도 적용된다. 글쓰기에서 중요한 것은 새로움이다. 소재가 되었든 주제가 되었든, 글에는 새로움이 있어야 한다. 글쓰기에도 창의적 사고가 필요하다. 창의적 사고는 앞에서 언급하였듯이 결코 어려운 것이 아니다. 완전히 새로운 것을 만들어내는 게 아니라 이미 존재하는 사실이나 지식을 조합하고 변형하는 가운데 나오는 것이다. 기존의 것을 다르게 보는 역발상과 기존의 기술이나 다른 분야의 기술을 더 광범위하게 모방하거나 연결할 때 이루어진다. 글쓰기의 생명은 바로 새로움이다. 새롭고 독창적인 아이디어, 창조적 사고의 개발은 소소하고 작은 발상과 훈련에서 가능하다.

창의력, 대상에 딴지를 걸어라

모방은 창의력을 개발하는 필수 요소이다. 이때 모방은 부정적 것이 아니라 긍정적인 의미로 기능한다. 모방의 사전적 의미는 '다른 것을 본뜨거나 본받는 것'이다. 즉, 모방은 그 대상의 원리와 작동방식을 비롯해 여러 기능 등을 분석하여 또 다른 결과물을 만들어내는 것으로, 창조적 행위의 원천이다. 피카소는 모방을 통해 창조적 행위를 한 화가이다.

20세기 최고의 화가라 불리는 피카소의 천재성은 끊임없는 모방에서 비롯되었다. 피카소는 마네, 쿠르베 등과 같은 거장의 작품들을 모방해서 그린 화가로 유명하다. 평생 다른 화가들의 그림을 따라 그렸던 그에게 가장 큰 영감을 준 그림은 벨라스케스의 〈시녀들〉이었다. 피카소는 학교를 가는 대신에 매일 미술관으로 가서 〈시녀들〉을 똑같이 그릴 때까지 그리고 또 그렸다. 그렇게 그린 그림이 무려 58점에 달했고, 그 모작들이 현재 '피카소 박물관'에 전시되어 있다. 피카소가 다른 화가들의 그림을 모방한 것은, 모방을 통해 새로운 것을 빨리 익힐 수 있었기 때문이다. 그는 〈시녀들〉 작품을 모방하면서도 때로는 자신의 화풍 그대로 전체를 그리기도 하고 때로는 일부를 그리기도 하였다. 여기서 피카소의 모방은 단순한 모방이 아니라 창의적인 사고와 활동의 결과물이다. 다른 화가들의 그림을 모방하면서 그들의 화풍과 구도, 색감, 상상력 등 필요한 지식을 익혀서 자기만의 독특한 세계를 만들어냈기 때문이다.

모방에서 중요한 것은 창의적 사고와 활동이다. 창의적 사고와 활동은 기존의 결과물을 새로운 시각으로 해석하고 재구성, 재창조하는 것을 말한다. 피카소처럼, 모방을 습관적으로 하다 보면 새롭고 혁신적인 것을 창조할 수 있다.

창조는 모방에서 비롯된다. 세상에 존재하지 않는 유일무이한 아이디어를 내겠다는 생각보다 기존의 것을 새롭게 변형하고 발전시키는 것이 현실적이고 수월하다. 창조적 모방은 원래 대상을 넘어서서 진화를 가능하게 한다. 모방을 통해 기존 대상의 장점을 채택하고 약점을 보완하면 경쟁력 있는 결과물을 만들 수 있기 때문이다. 그러기 위해서는 무엇보다 모방을 습관화할 필요가 있다. 습관처럼 관심 있는 것들을 모방해 보자.

이때 무엇보다 중요한 것은 대상을 다르게 보는 시선과 관점, 반대로 생각하는 역발상이다. 역발상은 어떤 생각과는 반대로 또는 거꾸로 생각해 내는 일이다. 대상에 대한 생각을 뒤집고 관점을 바꾸고 문제를 전복시키는 것. 그러기 위해서는 기존의 환경과는 결별하고 다른 분야의 경험을 축적할 필요가 있다. 익숙한 것을 낯설고 다르게 보는 것은 창조적 사고에서 매우 중요하다. 낯설고 다르게 보아야 그것이 지닌 다른 의미는 물론 숨겨진 문제를 찾을 수 있고, 이를 기반으로 새로운 무언가를 창조할 수 있다. 대상이 지닌 본질을 그대로 인식하거나 기존의 평가를 맹목적으로 수용해서는 새로운 것을 발견할 수 없기에 역발상이 필요한 것이다.

▲ 역발상 우산(일본)

그러나 대부분의 사람들은 낯선 것을 두려워한다. 인간의 뇌는 기능적으로 늘 하던 대로 사고하고 작동하도록 되어 있다. 우리의 인식은 때로는 그것이 부정확함에도 불구하고 반복적으로 받아들이고 수용하는 경향이 있다. 역발상은 기존의 익숙한 패턴과 사고로는 불가능하다. 기존의 것들을 다양한 방식으로 융합해 내는 게 곧 창조이고 창조적 사고이다. 즉, 창조는 대상과 문제를 다각도로 생각함으로써 새로운 산물을 얻는 과정이다. 그렇기 때문에 발상의 전환으로 이미 알고 있는 것의 정의가 아니라 재정의와 재구성이 필요하다. 기존의 것을 뒤집고 바꾸고 전복시켜서 다른 것을 생각하고 만들어내는 역발상 습관이 요구되는 것이다. 역발상 연습이 축적되면 사고방식에 변화가 생기고 창의적으로 사고하는 능력이 형성될 것이다.

창의력을 키우는 데 질문은 필수적이다. 구글이나 애플, 아마존닷컴 등은 입사 지원자들에게 독특한 질문을 던지기로 유명하다. 지원자들에게 전혀 예상하지 못한 질문을 던져 그것을 어떻게 해결하는지를 통해 창의력을 점검한다고 한다. 사실 창의력은 짧은 시간과 얕은 내공으로는 형성되기 어렵다. 다양한 경험과 함께 전문지식이 어우러지고 축적되어야 창의적 생각이 형성되는데, 그 과정에서 필요한 것이 질문이다.

좋은 질문이 좋은 생각을 만든다는 말처럼, 좋은 질문은 기존의 상식을 뛰어넘어 보다 나은 정보나 아이디어를 찾는 데 유용하다. 좋은 질문은 그 대상에 대한 호기심을 유도하는 역할뿐 아니라 통찰력과 창의력을 키우는 데도 도움을 준다. 왜 그것이 문제인지, 그렇다면 어떻게 해결책을 찾아야 하는지 등의 다각도의 질문을 통해서 기존의 것을 새롭게 변형하고 또 다른 차원의 해결책을 찾을 수 있는 것이다. 모방을 통해 혁신을 이뤄낸 기업들과 한 분야에서 성공한 사람들의 공통점은 늘 질문을 달고 산다는 것이다.

▲ 질문은 창의력의 원천이다

　우리나라의 교육은 최근 들어 조금씩 변화를 보이고 있지만, 여전히 주입식 교육에서 벗어나지 못하고 있다. 주입식 교육의 맹점은 획일화된 사고를 양성해서 창의력을 키우기 어렵다는 데 있다. 그래서 생활 속에서 질문하는 습관을 기르는 것이 필요하다. 사실, 질문은 어렵지 않다. '무엇이', '어떻게', '왜'라는 것만 기억하면 질문은 쉽게 할 수 있다.

　"이게 무엇이지? 왜 이렇게 생겼지, 이걸로 뭘 어떻게 하자는 것이지?"

　그리고, 브레인스토밍을 권한다. 브레인스토밍은 여러 사람이 함께 토론하는 것을 말하는데, 이때 주고받은 말이 곧 질문이자 답이 된다. 주고받은 질문 속에 답이 있다. 계속되는 질문은 뇌를 자극해서 새로운 생각과 답을 떠오르게 한다. 여러 사람이 함께 모여 얘기를 주고받다 보면 어느 순간 새로운 생각이 떠오르고, 주어진 문제를 풀 수 있는 아이디어가 생길 것이다. 이런 점에서 브레인스토밍은 여러 사람들의 다양한 질문거리를 배우는 기회가 되면서 동시에 답을 얻는 과정이기도 하다.

창조는 사칙연산이다

남과 다른 차이가 최고의 경쟁력이다. 이제는 남과 다른 자신만의 색깔, 즉 자신을 브랜드화하여야 하는 시대이다. 방송계에서 기획력과 창의력이 돋보이는 연출자로 단연 나영석 PD를 꼽는다. 그는 야생 예능 버라이어티부터 잔잔하고 편안한 느낌의 여행 콘셉트 예능까지 기발한 기획과 창의력으로 시청자를 즐겁게 해주고 있다. 나영석 PD를 유명하게 만든 초기 프로는 〈1박 2일〉이다. 〈1박 2일〉은 전국 방방곡곡 우리나라의 명소를 찾아다니는 리얼 야생 버라이어티의 시초이다. 그는 리얼 야생 버라이어티라는 콘셉트를 내세우며 야외 취침, 계곡물 입수, 복불복 게임 등 혹독하지만 웃음을 주는 예능 프로를 연출하였다.

이후 나영석 PD는 〈꽃보다 할배〉를 기획하여 다시 한번 유명세를 타고 있다. 〈꽃보다 할배〉는 유명 원로배우들을 주인공으로 해서 세계 각지의 명소들을 소개하는 프로그램이다. 〈꽃보다 할배〉가 인기를 끌면서, 〈꽃보다 누나〉, 〈꽃보다 청춘〉 시리즈가 연출되었고, 다시금 그의 기획력과 창의력이 주목을 받게 되었다. 이렇듯 연출만 하면 인기를 얻는 그의 기획력에는 창조적 모방이 놓여 있다. 〈1박 2일〉과 〈꽃보다 할배〉를 자세히 들여다보면, 이들 프로그램은 기존의 것에서 더하고 빼고 변형하는 식의 창의적 태도를 발견할

▲ 〈꽃보다 할배〉의 H4, 이순재 신구 박근형 백일섭
(출처: 〈꽃보다 할배〉 공식 페이스북)

수 있다. 가령, 〈1박 2일〉은 젊은 남성을 중심으로 국내 명소를 여행하고 소개하였는데, 〈꽃보다 할배〉는 노년의 남성을 중심으로 해외 명소를 여행하고 소개한다. 기존의 것에서 인물과 배경과 진행 방식을 조금 바꾸고 변형해서 다르게 표현한 것이다. 이는 단순 모방이 아니라 창조적 모방이라고 할 수 있을 것이다.

하늘 아래 새로운 것은 없다는 말처럼, 창조는 기존의 것에서 더하고 빼고 곱하고 나누는 이를테면 사칙연산의 과정이기도 하다. 사칙연산을 활용한 경우는 우리 주변에서 쉽게 찾아볼 수 있다. 한국인이 즐기는 대표적인 음식이 짜장면과 짬뽕이다. 일반 짜장면에 더하거나 곱하기를 적용하면 '짜장면 곱빼기'가 되고, 짜장면의 짜장을 나누면 '간짜장'이 된다. 그리고 짜장면과 짬뽕을 한 그릇에 두 개로 나누어 담으면 '짬짜면'이 된다. 이처럼 우리 주변에 있는 대상이나 사물에 사칙연산을 적용하면 이전에는 생각지 못했던 것을 창조해낼 수 있다. 현재 최고의 기업들은 다양한 분야에서 이러한 방법으로 새로운 제품을 만들어낸다.

사칙연산을 적용할 때 중요한 것은 풍부한 해석을 기반으로 한 독창성이다. 기존의 것을 100% 단순 모방해서는 안 된다. 모방한 아이디어를 자신만의 독창적인 아이디어와 결합시켜야 그것이 의미를 갖고 새로운 가치를 산출한다. 독창적인 것이 독보적인 것이 되기 마련이다. 곧, 혁신은 창조적 모방에서 비롯되기 때문에 위대한 아이디어를 모방한다고 해서 문제가 될 것은 없다. 물론 최초의 아이디어를 도용해서 사적 이익을 취해서는 안 될 것이다. 중요한 것은, 최고의 것들을 자신만의 색깔과 용도로 취득해서 새롭게 변형·창출해야 한다는 점이다. 다시 말해 최고의 것을 모방하되, 자신의 아이디어와 결합시킨 독창적인 것이어야 한다는 말이다.

그렇기 때문에 사칙연산에서 중요한 것은 상상력이다. 무한하고 자유로운 상상이 사칙연산을 가능하게 한다. 상상은 실제로 경험하지 않은 현상이나 사물에 대하여 마음속으로 그려 보는 행위로 재생적 상상과 창조적 상상이 있다. 재생적 상상은 있는 그대로를 그려 보는 것이고, 창조적 상상은 그것을 창의적으로 변형해서 상상하는 것이다. 사칙연산에서 필요한 상상은 창의적 상상이다. 창의적 상상을 위해서는 우선 대상에 대한 감정이입이 필요하다. 대상에 자신을 투영시키는, 즉 대상의 생각과 느낌, 행동 등 대상과 일체화가 필요하다. 이때, 자신을 객체화하여 그 대상을 바라보면 이전과는 전혀 다른 상상력이 발휘된다. 그리고 기존의 상상에 새로운 상상을 결합시키는 것이다. 만약 새로운 상상이 어렵다면 연상기법을 활용하는 것도 유용하다. 연상기법은 창의기법 중의 하나로, 하나의 개념에 전혀 다른 단어를 결합시키고 그 단어와 연관된 단어를 기술하는 것이다. 가령, 지금 당장 생각나는 단어를 떠올려 보자. 그 단어가 '공원'이라면 공원을 쾌적하게 만들고 유용하게 활용할 수 있는 상상을 해보자. 그리고 공원과 관련된 단어들을 자유롭게 펼쳐보고, 다시 그와 관련된 상상을 해보자.

공원→취침→맛있는 식사→청량한 물→여행 …

상상은 즉각적인 답을 찾는 것이 아니므로 두려워하거나 어려워할 필요가 없다. 새로운 것이 떠오르지 않아도 무방하다. 그냥 생각에 생각을 잇고, 넓혀 가다보면 기발한 무엇인가가 떠오를 수 있는 것이다. 특히 브레인스토밍을 통한 연상기법은 창의적인 아이디어를 산출하는 데 효과적이고 유용하다. 혼자보다는 관심 분야가 같은 사람들과 브레인스토밍을 한다면 아이디어를 양적·질적으로 확장시킬 수 있을 것이다.

이처럼 사칙연산은 자유로운 상상만으로도 쉽게 할 수 있다. 그러나

▲ 덧셈, 뺄셈, 곱셈, 나눗셈

이를 뒷받침할 수 있는 여러 여건들을 축적해 둘 필요가 있다. 상상력은 경험의 산물이기 때문이다. 다양한 경험과 폭넓은 관심사의 축적은 상상력과 창의력으로 연결된다. 스티브잡스는 인문학뿐 아니라, 인도식 명상, 음악, 캘리그래피 등 다방면에 관심을 많이 가진 것으로 유명하다. 그가 관심을 가진 것들은 얼핏 보면 서로 상관없어 보이는 것 같지만, 그것을 연결하고 조합하여 여러 가지 새로운 산물을 만들어냈다. 다방면의 다양한 지식 축적이 혁신적인 무언가를 만들어낸다는 것은 스티브잡스뿐 아니라 위대한 발명가들에게서도 두루 목격된다. 그러므로 자신이 속한 그 분야뿐 아니라 폭넓게 보고 다양하게 관심을 가져야 한다.

모든 사람들이 높이 올라가기를 희망한다. 높은 건물을 짓기 위해서는 그 건물을 지탱할 수 있는 넓이와 깊이를 탄탄히 다져야 한다. 여러분이 높이 올라가기를 원한다면, 건축과 같은 넓이와 깊이를 갖추는 것이 필요하다. 다방면의 관심사를 쌓아서 새로운 무언가를 만들도록 하자. 새로운 무언가는 무한하고 자유로운 상상을 통해 가능하다.

이런 점은 글쓰기에도 동일하게 적용될 수 있다. 글쓰기는 다른 사람이 생각하지 못한 것으로 승부를 거는 것이기 때문이다. 글쓰기도 혁신적인 아이디어를 필요로 한다는 것은 너무 잘 알려진 사실이다. 글에서도 사치연산은 창조로 가는 지름길이다

벨라스케스, 〈시녀들Las Meninas〉

피카소, 〈시녀들Las Meninas〉

2부 형식상 쓰기 기술

좋은 글은
친절한 글이다

•

쉽게 읽히는 글

글은 읽히는 것이 목적이다. 읽히기 위해서는 보편성과 대중성이 있어야 한다. 아무리 좋은 내용의 글도 어려우면 읽히지 않는다. 어떤 글이든 마찬가지다. 작가들이 단어, 문장과 씨름하는 이유가 바로 단순하고 명확하게 쓰기 위해서다. 쇼펜하우어는 자신이 의도했던 바를 다른 사람이 이해할 수 있도록 표현하는 것만큼 어려운 일은 없다고 하였다. 글은 읽는 이를 중심으로 최대한 쉬운 표현으로 써야 한다는 의미이다. 미국 대학에서는 전문적인 내용도 중학교 2학년 정도의 지식수준을 가진 사람이라면 누구라도 이해할 수 있게 쓰도록 글쓰기 훈련을 받는다고 한다.

글을 쉽게 쓰는 문제는 글쓰기의 자세와 연관된다. 즉, 글은 공손하게 쓰는 자세가 중요하다. 간혹 이메일을 받거나 긴 글을 읽을 때 공손하지 않은 글을 보게 된다. 글쓰기에서 공손하다는 것은 쉬운 어휘와 내용으로 독자를 배려한다는 말이다. 사람들은 첫 줄을 보고 그 글을 읽을지 안 읽을지 판단한다. 첫 줄을 읽었을 때 와 닿는 것이 있어야 다음 문장으로 넘어간다. 독자들이 읽기 쉬운 글은 전달 능력이 뛰어나다는 것을 말한다. 유식해 보이는 난해한 문장을 쓰면 똑똑해 보일 수 있을지는 모르지만 좋은 글이라고 할 수 없다. 읽는 사람의 눈높이에 맞춰 빨리 이해되도록 쓰는 글이 좋은 글이다. 읽는 사람이 기분 나쁘지 않게 쉽게 쓰는 습관을 들이는 것이 중요하다.

좋은 글은 준비가 잘 된 글이다. 많이 생각하고, 또 치밀하게 정리를 해서 작성한 글을 말한다. 짧은 글도 논리적인 순서에 따라 전개해야 한다. 처음, 중간, 끝으로 구성하여 글이 쉽게 이해되도록 하는 것이 필요하다. 그런데 짧은 메일에서조차도 현학적인 어휘의 사용으로 내용을 알 수 없게 하는 경우가 있다. 무슨 말인지 이해할 수 없는 글은 예의에 어긋난 글이다. 불친절하고 예의가 없는 사람은 만나고 싶지 않듯이 불친절한 글은 읽기가 싫어진다.

좋은 글을 쓰는 사람은 어휘나 문장을 공손하게 쓴다. 모든 커뮤니케이션이 그러하듯, 철저히 상대방 위주로 생각하는 것이 좋은 글, 좋은 말의 기본이다. 글은 상대에게 필요한 정보를 알리려는 것이지 자신의 유식함을 알리기 위한 것이 아니다, 그러기 위해서 독자들이 이해하기 쉽게 최대한 간결하게 써야 한다. 아울러 분명한 주어와 술어, 정확한 단어를 사용해야 하고, 한 문장에서 한 가지 의미만을 전달하겠다는 생각을 가져야 한다.

유익한 정보를 담고 소통하는 글

좋은 글은 읽을수록 재미가 있고 흥미가 생긴다. 흥미 유발은 재미를 추구하는 것이 아니라, 유익한 정보를 담아 독자의 흥미를 끄는 것이다. 좋은 글을 쓰기 위해서는 유익한 정보 제공에 노력을 기울여야 한다. 특히, 공적 글쓰기인 보고서나 발표문은 무엇보다 깊이 있는 내용을 담아야 한다. 물론 유용한 정보에 대한 판단은 독자의 몫이다. 그러나 유용한 정보를 획득하는 안목은 글 쓰는 사람의 중요한 능력이다.

유익한 정보를 제공하기 위해 다양한 정보를 찾고, 검증된 자료를 선별하여야 한다. 당연히 풍부한 지식도 필요하지만, 지금은 정보화 사회이기 때문에 어디서든 정보를 얻기가 쉬워졌다. 불량식품이 우리 몸을 상하게 하는 것처럼 검증되지 않는 무분별한 자료를 나열하면 글은 신뢰를 잃게 된다. 즉, 검증되고 유익한 정보를 담아 독자들에게 다양한 읽을거리를 제공하는 것이 좋은 글이다.

아울러 좋은 글은 독자와 소통할 수 있는 글이다. 글쓰기는 독자와 소통하는 활동이다. 소통하는 글은 강조하는 바가 무엇인지를 잘 보여준다. 잘 짜여진 틀과 구체적인 강조점, 감동적인 내용과 호소력 등을 갖추어야 독자와 쉽게 소통할 수 있다. 특히, 진솔함이 담긴 글은 소통을 용이하게 한다.

가끔 책이나 신문을 읽다가 좋은 문장이나 글귀에 밑줄 그은 경험이 있을 것이다. 필요에 의한 경우 혹은 감동 받고 기억하고 싶어서 등 이유는 다양하다. 중요한 것은 그 글이 독자에게 감동을 주고 소통하였다는 점이다. 아름다운 문체, 형이상학적인 내용으로는 감동을 주기 어렵다. 진솔한 글이 감동을 주고, 소통할 수 있는 좋은 글이다.

목적이 분명한 글

좋은 글은 한 가지 주제로 명확하게 쓰는 것이다. 한 편의 글에서 두 가지 이상을 쓰면 글의 초점이나 글쓴이의 생각이 흐려진다. 영국의 처칠과 미국의 링컨은 위대한 커뮤니케이터다. 이들의 연설문의 공통점은 간결함이다. 사실 위주로 구성하여 주제가 명료하게 전달되고 대중을 강렬하게 설득하였다. 소설가 스티븐 킹은 좋은 글을 쓰려면 형용사와 부사를 쓰지 말라고 하였다.

특히 복잡한 보고서, 기획안, 리포트 등의 실용문은 더욱더 목적이 분명하여야 한다. 그러기 위해서 팩트에 근거해서 결론을 앞머리에서 명확하게 밝히는 것이 좋다. 그렇게 함으로써 상대방으로 하여금 시간과 노력을 절약하게 해줄 것이다. 어떤 기업들은 2쪽이 넘는 보고서는 아예 읽지도 않고 쓰레기통에 버린다고 한다.

좋은 글은 추상적인 상투어를 피하고 구체적으로 써야 한다. 물론 문학적 글쓰기는 상투적 표현보다 감성적이고 추상적인 어투를 사용하지만 실용적 글쓰기는 의미 전달에 적합한 단어를 활용하고 간결하게 쓰는 것이 중요하다. 그래야 글이 임팩트가 있고 호소력을 가질 수 있다.

단순한 것이 아름답다는 말처럼, 글도 단순해야 좋다. 이때 중요한 것은 선택과 집중이다. 구구절절 많은 내용을 담는다고 좋은 글이 아니다. 전달하고자 하는 목적에 맞게 선택과 집중의 전략을 취하여야 한다. 이는 글쓰기뿐만 아니라 말하기에도 적용된다. 예를 들어 면접 때 가장 흔하게 나오는 질문이 "왜 이 회사에 지원했는가?"이다. 대부분의 구직자들이 자아실현이나 해당 분야 전문가가 되고 싶다는 말로 답변한다. 하지만 구체적인 경험담을 통해 지원 동기와 포부를 간명하게 밝히는 것이 오히려 낫다.

우리는 현실에서 실용적 글을 더 많이 사용하는 데도 제도 교육에서는 문학(창작) 위주의 글에 더 큰 비중을 둔다. 문학은 창작이고, 감성적 새로움을 주된 내용으로 한다. 그렇기 때문에 학생들은 글쓰기에 대한 두려움을 더 많이 갖는다.

이제 현실에 맞게 교육을 해야 하고 또 배워야 한다. 실용적 글쓰기는 몇 가지만 익히면 글쓰기의 공포에서 벗어나 일상에서 활용할 수 있다.

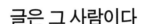

글은 그 사람이다

　글은 짓는 것, 만들어 내는 것이니까 재주만 부리면 얼마든지 훌륭한 것을 쓸 수 있으리라고 생각하기 쉽다. 그래서 억지로 재주만 부리려는 이가 많다. 내 자신도 그것을 경험한다.

　글처럼 억지로 안 되는 것은 없다. 아주 쉬운 편지 한 장을 적더라도 지음의 노력이 없이 손끝에서만은 되지 않는다. 반드시 그 사람의 마음 정신 넋에서 우러나오는 것이니 손은 그것을 받아서 종이 위에 적는 것뿐이다. 손은 심부름만 할 뿐이오 명령은 머릿속에서 하는 것이므로 아무리 짧은 글이라도 그 글을 읽고 나면 작자의 마음이 눈에 보인다.

　그 글이 훌륭하거나 나쁘거나 간에 글 속에는 작자의 심경이 환하게 들여다보이는 것이다. 그러므로 글은 그 사람의 일면 혹 전면을 그대로 비쳐 주는 거울이다. 그 사람과 꼭 같기가 사진과 같다.

　누구나 자기의 사진이 잘못된 것은 남에게 내어 보이기를 싫어한다. 글도 그래야 할 것이다 자기와 같지 않게 된 글은 자기와 같지 않게 된 사진과 마찬가지로 알아야 한다.

　글은 마음의 사진이다. 자기의 글을 읽는 사람들은 자기의 마음속을 들여다보는 사람들이므로 글을 쓰려면 먼저 내 마음속을 활짝 열어 보여도 수치스러

84

움이 없도록 심경을 닦고 앉아야 할 것이다. 그것은 마치 손님이 오는 날 방안을 미리 치우는 것과 같다.

사람은 성욕과 이기욕에 밝은 동물이란 말도 있거니와 흔히 젊은 우리는 비열한 본능의 행동에서만 감정이 불타기 쉬운 것이다. 그래서 달 밝은 저녁이면 청한을 즐기는 것보다 음일淫逸한 정서를 더 향락하려 들어 붓을 들면 말을 처녀의 유방이니 무엇이 그리워 상심이 되느니 하고 치사한 문구를 늘어놓기가 쉽다.

물론 그런 글도 좋아서 읽는 사람들도 있다. 그런 비열한 정서에서 나온 글을 싫어하는 사람보다도 즐겨하는 사람들이 오히려 더 많을 것이다. 그러나 그 사람들은 역시 그 글의 작자와 동층同層류의 사람들뿐일 것도 알아야 하며 또 만일 그 글의 작자보다 고상한 사람이 그 글을 읽는다면 그 글에 침을 뱉고 그 글 쓴 사람을 멸시할 것도 잊어서는 안 된다.

글이 벌써 품위가 없으면 그 작자는 만나 보지 않아도 고상하지 못할 것이오, 글이 절로 향기를 떨치면 그 작자는 만나보지 않아도 훌륭한 인격자이리라.

그러므로 글을 쓰려고 생각할 때는 자기 자신을 훌륭한 남처럼 존경하여 스스로 높은 자리에 앉히고 상想을 세울 것이라 생각한다.

글은 마음의 사진이다.

글은 곧 그 사람이다.

— 이태준, 「글짓는 법 A·B·C」에서

주제와 제목
명확하고 참신하게

●

주제와 메시지

어떤 글이든 주제가 있다. 주제는 쉽게 말해 글의 중심 사상이며 메시지다. 글을 쓴다는 것은 자신이 하고 싶은 말을 전달하고 표현하기 위함이다. 글쓰기 훈련이 되지 않은 사람들의 특징은 대체로 문장이 길고 글이 산만하다. 하고 싶은 내용을 모두 쓰기 때문이다. 아무리 훌륭한 소재나 흥미 있는 내용이라 할지라도 주제가 없으면 좋은 글이 아니다. 글은 단어와 문장의 나열이 아니라 독자에게 뚜렷이 전달되는 핵심 내용이 있어야 한다.

주제는 글 전체를 관장하는 기둥이다. 좋은 글에는 글쓴이의 문제의식과 의도가 확연히 드러난다. 한 편의 글에서 주제를 여러 개 설정하면 작가의 핵심 사상이나 메시지가 무엇인가 의아하게 되고 혼란을 일으킬 수 있다. 글을 쓸 때는 목적을 확실히 파악하고 출발해야 한다. 중요한 내용을 먼저 간파해야 핵심 내용을 효과적으로 전달할 수 있다. 주제는 모든 사람들이 공감할 수 있는 보편성을 획득할 수 있는 것이 좋다.

주제를 직접적으로 부각시키느냐 간접적으로 표현하느냐는 글 쓰는 이에게 달려 있다. 주제는 글을 쓸 때 처음부터 설정해 놓고 전개해 가는 경우가 있고, 글을 써 가는 과정에서 정하는 경우가 있다. 중요한 것은 한 편의 글에서는 하나의 메시지를 담아야 한다는 점이다. 주제를 잘 전달하기 위해서는 글을 읽을 때 주제를 정확하게 파악하는 방법을 훈련할 필요가 있다. 그 방법을 자신의 글쓰기에 적용하면 되기 때문이다.

참신하고 새로운 주제

주제는 글에서 다루어지는 주된 문제로, 글의 방향을 구체화시키는 것을 말한다. 주제를 설정하는데 가장 중요한 것은 주제를 좁고 구체적인 범위로 한정하는 일이다. 광범위하고 포괄적인 주제를 설정해서는 결코 좋은 글을 쓸 수 없다. 포괄적인 주제를 설정하면 막연해서 논의를 전개시키지 못하거나 상식적인 내용이 되기 쉽다.

주제 선택에서 첫 단계는 주제에 관련된 여러 가지 자료들을 읽거나, 주제를 분석 검토하여 가능한 많은 정보를 모으는 것이다. 자료나 지식이 다양하고 많을수록 설득력 있는 주장을 제기할 수 있다. 자료를 보면서 주제를 다각도로 검토한 뒤, 그 중 하나의 관점을 선택하여 글을 전개하도록 하자. 이때 처음에는 주제를 여러 관점에서 다뤄서 자신이 잘 쓸 수 있는 주제를 선택하고, 실제 글을 쓸 때는 하나의 주제로 논지를 전개해야 한다. 만약 특정 주제를 다룰 때 지나치게 많은 상이한 관점들을 적용한다면, 글은 중심을 잃고 주장의 설득력 또한 상실하게 된다.

본격적으로 논의를 전개하기 전에, 다루고자 하는 주제가 과연 의미와 가치가 있는지 생각해보아야 한다. 너무 많이 거론되었거나 중요하지 않은 주제는 피해야 한다. 좋은 주제는 신선하고 흥미로우며 새로운 것이다. 특히, 주제 설정은 자신이 감당할 수 있고 해결할 수 있는 사안을 잡아야 한다. 아무리 좋은 주제라도 자신이 감당하지 못하거나 시간상으로 완성할 수 없다면 그 주제는 다시 생각해 보아야 한다. 자신이 관심을 갖고 있으면서 잘 할 수 있는 주제를 설정하자.

좋은 글은 균형감을 갖고 있는 것이다. 따라서 어느 한쪽으로 치우치지 않고 균형 잡힌 시선과 관점을 갖는 것이 좋은 글이듯, 주제 설정도 편향된 시각은 삼가는 것이 좋다.

주제의 구체화

주제가 설정되면 그 주제를 어떻게 발전시켜 나갈 것인가에 대해 생각해야 한다. 즉, 주요 논점을 무엇으로 삼을 것인지를 결정하여 이를 구체화하여야 한다. 주제를 구체화한 것이 주제문이다. 주제가 설정되면 주제에 맞는 주제문을 써 보아야 한다. 주제문은 주제를 두고 서술된 하나의 명제이다. 즉, 전체 글을 통해 자신이 주장하려는 바를 하나의 문장으로 정리한 것이 주제문이다. 예를 들면 '남녀 차별 문제와 해결 방안'이라는 주제를 설정했을 때, 주제문은 '남녀 차별은 인식의 변화와 사회구조 해결로 가능하다'로 하여야 한다. 남녀 차별이 빚어지고 있는 우리 사회의 문제와 심각성을 거론하고 해소할 수 있는 방안으로 인식 변화와 사회구조 문제를 강구하는 것이다.

막상 글을 쓰다보면 무슨 말을 하려는지 헷갈리는 경우가 많다. 전달하고 싶은 핵심 내용을 그대로 쓴다는 것은 쉽지 않다. 주제만 갖고 막연하게 출발하면 결코 좋은 글을 작성할 수 없다. 주제문을 작성하면 표현하고자 하는 자신의 주장과 논점을 명확하게 정립할 수 있다. 무엇을, 어떤 목적으로 쓸지 명확하게 틀을 짜 놓으면 중심 생각에서 이탈하지 않는다. 주제를 설정하고 주제문을 작성했다면 글쓰기의 반은 완성되었다고 할 수 있다.

전하고자 하는 핵심 내용을 위해서는 먼저 중심 생각을 결정하고 이를 뒷받침하기 위한 내용들을 어떻게 배치하여야 하는지 전략도 세워야 한다. 글쓰기를 시작하기 전에 중심 생각을 정리해서 메모해 두고 실제 글을 쓰는 동안에는 메모처럼 중심 주제가 잘 드러나고 있는지 확인하는 것이 중요하다. 글을 쓸 때 주제는 한 방향으로 일관성 있게 진행되는지, 사용하는 개념이 정확한지, 무엇보다 말하려는 주장이 명확한지 등을 확인하며 써야 한다. 그래서 주제문 작성이 필요하다.

제목과 나침반

예전에 사과 재배로 유명한 일본 아오모리현에 기록적인 태풍이 불어 닥쳐 90%의 사과가 떨어졌다. 비탄에 빠진 농민들과 달리 웃음을 잃지 않은 한 사람이 있었다. 그 사람은 떨어지지 않은 10%의 사과를 가지고 (떨어지지 않는) '합격 사과'라는 상표를 붙여 시장에 내다 팔았는데, 보통 사과에 비해 10배 이상 비싼 값이었지만 불티나게 팔렸다고 한다.

2017년 여름, 우리나라도 우박으로 인해 사과 농사를 망쳤다. 모 업체는 우박 맞은 사과를 '보조개 사과'라 이름 지어서 팔았다. '보조개 사과'는 파인 모양이 보조개 같다고 붙여진 것으로, 맛과 품질에는 이상이 없지만 사과 겉면의 작은 흠집으로 인해 상품이 팔리지 않자 피해 농가를 돕기 위해 만들어진 이름이다.

물론 앞의 두 사례는 역발상이라는 관점의 변화를 전제한다. 그러나 이름을 짓고 그것에 어떤 의미를 부여하느냐에 따라 큰 차이가 난다는 것도 생각할 수 있다. 합격 사과와 보조개 사과는 유통자가 소비자의 마인드를 이해하고 탄생시킨 생산물이다. 이는 글쓰기에도 그대로 적용된다. 보다 매력 있는 제목을 달아야 소비, 즉 자신의 글이 읽히게 될 것이다. 글에서 제목은 나침반 같은 것이다. 글을 쓰다 보면 주제를 벗어나 다른 방향으로 간다. 이때 제목은 글쓴이가 원래 목적했던 길(주제)로 안내하는 역할을 하기 때문에 결코 소홀히 할 수 없다.

지금은 누구나 글을 쓰는 시대다. 특히, 블로그를 하는 사람들이 많아지면서 다양한 글들을 볼 수 있다. 차고 넘치는 블로그와 글들 중에서 우리는 먼저 제목을 보고 글을 선택한다. 서점에서도 마찬가지이다. 서점에 진열된 많은 책들 가운데 가장 먼저 눈에 들어오는 것은 제목이다. 제목을 보고 그 책을 읽을 것인지 말 것인지를 선택한다.

제목을 정하는 것은 그리 간단하지 않다. 제목은 글의 핵심 내용과 연관되면서 명확한 대상을 고려하고 임팩트가 있어야 한다. 가령, 블로그에 라면을 맛있게 끓이는 방법을 올린다고 가정해보자. 단순히 라면 맛있게 끓이는 방법으로 올리는 것이 아니라, '자취생이 알려주는' 라면 맛있게 끓이는 방법, 혹은 '야식꾼을 위한' 라면 맛있게 끓이는 방법처럼 뚜렷한 대상과 그에 대한 노하우가 확실한 사람들이 알려주는 비법이 담겨 있는 제목이라야 글을 읽을 것이다. 출판업계에서 책 한 권의 제목을 정할 때 '노크 백번'이라며 백 가지의 타이틀을 만든다고 한다. 하나의 제목을 짓기 위해 백 개를 지어본다는 것은 그만큼 제목 짓기가 어렵고 중요하다는 것이다. 이를 위해 글의 제목을 다는 훈련을 하는 것을 권한다. 예를 들면 책이나 신문을 보다가 목차를 읽어보고 제목 짓기를 따라해 보는 것도 한 방법이다.

개발의 속도를 내고 있는 IT기업들이 만들고 싶은 인공지능은 무엇일까. 래리 페이지 구글 최고경영자CEO는 "인터넷을 거대한 인공지능으로 만드는 것이 구글의 목표"라고 말한 바 있다. 인공지능을 기반으로 인간의 삶을 더욱 쉽고 편안하게 만들겠다는 의지로 볼 수 있다. IT 업계의 이러한 목표는 빠르게 달성되고 있다. 바둑을 마스터한 알파고 이전에 2011년 퀴즈쇼에서 인간을 꺾은 IBM 왓슨은 현재 의료분야로 진출했다. 질병을 진단하고 분석해 치료방향을 설정하는 쪽으로 활용하기 위한 사업이 진행 중이며 실제로 200명의 백혈병 환자를 대상으로 82.6%의 정확도로 치료법을 제시하기도 했다.

일본 나가사키현 소재 테마파크인 하우스텐보스에는 안드로이드 로봇 직원이 프론트에서 체크인을 하고, 포터 로봇이 짐을 방으로 옮겨주는 이상한 호텔이라는 뜻의 '헨나Henn-na호텔'이 문을 열어 운영 중이다. 사람이 하던 업무의 70%를 자동화시켜 인건비의 3분의 1가량을 줄인 헨나 호텔은 인간같은 로봇들로 인해 저비용 호텔 운영을 가능하게 되었다.

주식시장에도 인공지능 로봇이 등장했다. 고객에게 투자 자문을 해주는 로보어드바이저 상품이 바로 그것이다. 기사를 작성하는 로봇도 나왔다. 2014년 LA 타임스 로봇 기자 '퀘이크봇'은 지진 발생 3분 만에 기사를 완벽하게 작성해 빠르고 정확성을 생명으로 하는 기자의 업무까지 넘보고 있다. 또 최근 자동차업계의 뜨거운 감자인 '자율주행 자동차' 역시 인공지능이 탑재된 것으로 자동차업계는 앞으로 20~30년 정도면 자율주행 자동차가 완전히 상용화 될 것이라고 예측하고 있는 상황이다. 실제로 호주의 대형 광산업체 리오 틴토가 작업 현지에서 트럭과 굴착기 운전기사 대신 무인트럭과 무인굴착기를 이용하기로 했다.

인간이 하기에 위험하고 힘든 일을 인공지능 기계가 대신하게 된 것이다.

<hr />

* 글의 전체적인 내용과 흐름을 고려할 때 이 글은 '인공지능의 현재'라고 붙이는 게 좋다. 이 글은 조운의 『인공지능과 무인(無人)시대 인간이 설 자리는 어디』의 한 부분이다.(〈M이코노미〉, 2016. 4. 19.)

03
개요 짜기
설계도를 잘 그려라

●

개요와 설계도

개요는 중요한 내용의 요점을 간추린 것이다. 내용을 대강 추려 줄인다는 '개략'과 일이나 내용의 기본이 되는 큰 줄거리라는 '대요'와 유사한 말이다. 글쓰기의 구상단계인 '개요'는 쓸 내용과 순서를 정하는 것으로 글의 뼈대에 해당한다. 글쓴이의 주장이나 생각이 독자에게 잘 전달될 수 있도록 구상하는 것이 개요이고, 그래서 글의 주제와 목적에 맞게 중심 내용과 뒷받침 내용, 소재, 강조할 내용 등을 효과적으로 배치해야 한다.

한 채의 집을 짓기 위해서 설계도를 먼저 그리듯이, 한 편의 글을 쓰기 위해서는 개요를 짜야 한다. 설계를 잘 해야 튼튼하고 멋진 집을 지을 수 있듯이, 글도 계획을 잘 세워야 정확하고 감동적인 글이 된다.

좋은 글의 구조는 거의 비슷하다. 글은 처음부터 끝까지 전체 흐름에서 벗어나지 않아야 한다. 즉, 글의 구조에 일관성이 있어야 한다. 간혹 정확한 문법과 유려한 문장에도 불구하고 막상 쓴 글을 읽어 보면 무슨 말을 하고 있는지 파악하기 어려운 경우가 있다. 이는 글이 체계가 잡히지 않았기 때문이다. 개요 작성 없이 글을 쓰게 되면 주제를 벗어나거나 내용이 중복되거나 장황해진다. 글에 필요한 자료를 충분히 수집했더라도 글을 두서없이 쓰다보면 전체적인 흐름이 엉망이 되는 경우가 있다. 다른 방향으로 잘못 들어가는 일탈을 잡아 주는 여행자의 나침반과 같은 것이 개요이다.

개요 짜기는 글쓰기의 전 단계이므로 쓸 내용에 대해 간단히 메모를 하거나 마인드맵 등으로 정리해 두는 것이 좋다. 글의 뼈대를 세울 때, 처음부터 완벽하지 않아도 된다. 밑그림을 그리듯이 대략적인 형태만 잡아두면 된다. 균형이 없거나 결함이 있으면 서술하는 과정에서 수정하면 되는 까닭이다. 우리가 글을 쓰다 보면, 처음에 생각했던 것을 잊어버리는 경우가 있다. 길을 가는 도중에 문득 목적지를 잃어버리는 것과 마찬가지이다. 그래서 개요를 짜는 것이다. 실제 개요를 짜면 다음과 같은 이점이 있다.

첫째, 개요는 글 전체의 균형을 잡아준다. 개요를 먼저 작성하고 글을 시작하면 균형 잡힌 글이 된다. 한 편의 글은 전체와 부분, 부분과 부분 간의 균형을 유지해야 한다. 이를 가능하게 하는 것이 개요이다.

둘째, 개요를 통해 앞 뒤 문맥과 논리가 맞는지를 점검할 수 있다. 개요는 글의 일관성을 유지하게 하다, 불필요한 내용의 중복을 점검할 수 있으며, 중요한 내용이 누락되는 것을 방지할 수 있다.

셋째, 개요를 통해 글의 전개가 주제를 벗어나지 않았는지를 살필 수 있다. 주제를 벗어나지 않고 명확한 글을 쓰기 위해서 개요를 작성하는 습관을 가질 필요가 있다.

글쓰기는 표현력을 키우는 것이기도 하지만, 문제를 해결하는 과정이기도 하다. 개요 짜기는 글쓰기 능력의 함양일 뿐만 아니라 설계하고 구성하는 업무 처리의 과정이기도 하다. 문제를 파악하고 그것을 해결하는 구조를 설계하는 것은 문제에 대한 분석과 해결의 과정이다.

개요 구성의 원칙

글은 짜임새 있게 조직하여야 한다. 도입은 어떻게 할 것인지, 본론에는 구체적으로 어떤 내용을 담을 것인지, 전체 글에서 핵심 내용을 무엇으로 할 것인지, 몇 개의 문단으로 할지, 결론은 어떻게 마무리할지 등에 대한 그림이 그려져야 비로소 구성력을 갖추었다고 할 수 있다. 글의 구성은 분량, 순서, 흐름을 동시에 고려해야 하는 복잡한 작업이므로, 처음부터 잘 짜기는 힘들다. 그렇지만 글의 의도와 목적, 전체의 내용 등을 생각해 보고 그것을 어떻게 배치할 것인지를 고민하다 보면 글의 틀이 떠오를 것이다. 글쓰기는 주제를 정하고 그 주제를 담을 내용들을 어떤 방식으로 전할 것인지를 생각한 뒤에 써야 한다.

그럼에도 불구하고 사람들은 개요 짜기에 성의를 보이지 않는다. 글을 쓸 시간이 없다는 이유로 곧장 글을 쓰는 경우가 많다. 그러나 개요를 작성해야 글의 전체적인 균형과 논리적 흐름이 매끄러워져 오히려 글 쓰는 시간을 절약할 수 있다.

글을 쓴다는 것은 논리성을 확보하는 일이다. 논리성을 확보하기 위해서는 글의 흐름이 논리 정연하여야 한다. 즉, 서론과 본론, 결론이 자연스럽게 이어지고 각각의 단락에 핵심 내용을 담고 유기적인 관계를 맺어야 한다. 다시 말해 개요는 통일성, 단계성, 응집성의 원칙을 중심으로 구성되어야 한다. 개요의 내용이 글의 주제와 통일을 이루고, 서론, 본론, 결론 단계별로 제시되어야 하며, 각 항목이 유기적으로 긴밀하게 연결되어야 한다.

개요 짜기는 먼저 서론, 본론, 결론으로 구성한다. 물론 실제 작성할 때는 단계별 순서가 아니라 본론, 서론, 결론 순서로 써도 무방하다. 그리고 주제와 주제문을 작성한다. 주제문은 한 문장으로 구체적으로 작성한다.

개요 짜기	
주제	예; 한국 영화제작의 활성화
주제문	예; 한국 영화제작의 활성화를 위해 '영화진흥시스템 개선'과 '국제경쟁력 확보'를 도모한다.
서론 | 글 방향 전개	- 문제 제기(과제 제시) - 주제에 대한 흥미유발 - 글의 범위나 목적, 방향 소개 - 중요 개념 및 용어 정의
본론 | 주장 전개	- 대상에 대한 사회, 문화적 배경 - 대상에 대한 조사, 분석, 결과 제시 - 주장에 대한 논거 제시 - 문제 해결 방안 제시(문제의 원인 규명)
결론 | 의미·결과 전개	- 주제 요약, 강조 - 글의 의의와 한계 - 제언 혹은 전망 제시

글을 계획하지 않고 쓰다 보면 무슨 말을 하고 있는지 모르거나 처음 목적과는 다른 방향으로 갈 수 있다. 개요 짜기는 정확한 전달과 목적, 논리와 체계를 갖춘 구성력 있는 글을 만들 수 있는 설계도이다. 위의 표를 기반으로 개요 짜기를 하되 글의 목적과 주제에 따라 유연하게 변화를 주면서 활용해 보자.

개요 작성의 요령과 유의사항

개요 작성 시 아래의 질문들을 염두에 두면서 시작해 보자.

먼저, 형식적인 측면을 고려하자. 개요를 짜면서 글의 분량을 정해야 한다. 글자 수에 따라 각 단락에 담는 내용이 달라진다. 제시된 분량에 맞추어 개요를 짜는데, 대상 독자 또한 고려해서 글의 분량을 조절할 필요가 있다. 독자들의 기대치나 글의 목적과 내용에 따라 분량을 맞추어야 한다. 특히, 형식면에서는 글 전체의 외형적 틀과 주요 주장을 살피는 것이 필요하다. 서론이 어디서 끝나고 본론은 어디서 시작하는지 혹은 본론이 어디서 끝나고 결론의 시작이 어디부터인지 등을 살피자. 글을 여러 번 읽어보고 전체 텍스트에 결론이 부합하는지 확인해야 한다. 숲을 보고 나무를 보고 가지를 보아야 숲 전체를 세세히 볼 수 있다.

다음으로 내용적인 측면을 고려하자. 글의 내용이 저자의 집필 목적과 적절하게 부합하여 주관적 또는 객관적인가를 염두에 두고 개요를 짜야 한다. 아울러 논지와 무관한 자료가 제시되지는 않았는지도 다시 한번 점검해야 한다. 관련된 정보는 글의 목적과 핵심 내용을 드러내는데 중요한 요소이기 때문이다. 그리고 글의 전체적인 목적이 적절히 달성되는지, 목적과 전달 의도가 부각되었는지의 여부도 중요하다. 본인이 주장하고자 하는 궁극적인 주제가 잘 전달될 수 있는지를 살펴야 한다는 것이다.

자신의 글이 독자들에게 어떤 기여를 하는지 혹은 정보가 정확하게 제공되었는지를 살피는 것도 개요 짜기에서 유의해야 할 항목이다. 독자들은 우리가 던지는 글에서 여러 정보를 얻고자 한다. 실제로 정보 제공이 많은 글은 독자를 유인하는 매력이 있다.

서론의 핵심 문장과 본론의 핵심 문장, 결론의 핵심 문장이 서로 일관성이 있는가 등을 고려하는 것도 중요하다. 주요 장과 절의 구성을 살펴보고, 각각의 요지를 살피자. 각각의 요지를 모으면 전체 글의 개요가 될 수 있도록 스스로 점검하면서 구성을 해야 한다.

개요 짜기 시, 주의사항과 점검!

① 주제를 지침으로 삼은 개요
② 전체 틀을 고려한 개요
③ 부분 간의 연결성을 고려한 개요
④ 부분과 부분의 위계가 명확한 개요
⑤ 개요의 각 단계들의 비약을 살핀 개요
⑥ 단락의 역할 및 비중을 고려한 개요
⑦ 각 단락 간의 긴밀성을 고려한 개요

개요를 작성할 때는 각 항목이 서로 연결되는지 관계를 검토해보고, 중복되거나 불필요한 부분은 삭제해야 한다. 또한 각 항목은 구체적인 서술 순서대로 정렬해야 하며, 가급적 세부적인 항목까지 작성하는 것이 좋다.

● 연습하기   다음 문장의 개요를 짜 보자.

서론 :

(가) 지금 우리 사회에서는 이른바 '고시 열풍'에 관한 논의가 한창이다. 근년에 국가고시에 응시하는 젊은이들이 부쩍 늘어났다. 고시와 관련이 없는 학문을 전공한 젊은이들까지 고시 공부에 매달리는 형편이다 따라서 생산성이 낮은분야에 너무 많은 인적 자원이 투자되고 소중한 지식들이 사장된다는 걱정이나오는 것은 자연스럽고 정당하다.

(나) 자연스럽지만 정당화되기 어려운 것은 고시를 준비하는 젊은이들을 비웃거나 훈계하는 일이다. 그들이 법적으로나 도덕적으로 비난받을 까닭이 없다는 점만을 가리키는 것은 아니다. 그런 비난은 고시를 준비하는 개인들의 판단이 합리적이라는 사실을 놓친 것이다. 근년에, 특히 이번 경제 위기 속에, 새로운 직업 시장에 참여한 젊은이들은 일자리를 얻기 어려웠다. 그런 상황에서는각종 고시들은 좋은 대우와 장래성을 함께 지닌 일자리를 얻는 지름길이었다.따라서 그런 비난은 문제를 헛짚었을 뿐 아니라 효과도 없다.

본론 :

(다) 이 문제에 대한 합리적 처방은 고시 준비를 그렇게 합리적으로 만든 사회적 조건들을 바꾸는 것이다. 실은 바로 그것이 모든 정책들의 목적이다. 정책은 개인들의 판단이 바탕을 둔 사회적 조건들을 바꾸어 그런 개인들의 판단을바꾸려는 시도에 다름 아니다.

(라) 가장 근본적인 대책은 정부의 몸집과 힘을 줄이는 것이다. 정부가 시장

2부 형식상 쓰기 기술

위에 군림하는 한, 관리라는 직업의 매력은 여전히 클 것이고 뛰어난 재능을 가진 젊은이들이 고시를 준비하게 될 것이다. 물론 정부의 몸집과 힘을 줄이는 것은 시장 경제 체제인 우리 사회에서 무엇보다도 중요한 개혁이다.

(마) 보다 직접적으로 쉽게 실행할 수 있는 대책은 고등 교육에 대한 규제를 완화하는 것이다. 학과들의 종류와 정원을 엄격하게 묶어놓은 탓에, 대학들은 그동안 사회 환경의 변화에 제대로 대응할 수 없었고 직업 시장에서 팔리지 않는 학위들을 많이 생산했다. 만일 대학들이 학과들의 종류와 정원을 자유롭게 바꿀 수 있다면, 직업시장에서 바라지 않는 학위들을 가진 젊은이들은 많이 줄어들고, 자연히 고시를 준비하는 이들도 줄어들 것이다.

(바) 가장 시급한 대책은 그러나 노동시장의 자유화다. 지금 노동법은 너무 경직돼서, 기업들이 덜 필요한 종업원들을 내보내고 꼭 필요한 젊은이들을 받아들이는 것은 실질적으로 불가능하다. 이런 사정은 젊은이들에게 너무 불리하다.

(사) 게다가 그런 사정은 기업에게 해롭고 나아가서 우리 사회에도 크게 해롭다. 오래 되고 생산성이 낮은 요소들이 새롭고 생산성이 높은 요소들로 바뀌어야 기업들은 생산성을 높여 경쟁력을 유지할 수 있다. 그리고 지식의 노후화가 점점 빨라지는 터라, 젊은이들이 지닌 새로운 지식과 태도는 조직을 활기차게 만드는 데서 결정적 역할을 한다. 신진대사가 제대로 이루어지지 못하는 상태에서는 우리 기업들은 필연적으로 활기와 경쟁력을 잃게 된다. 실은 근년에 우리 사회에서 인적 신진대사가 제대로 이루어진 분야는 정부 부문뿐이었다. 젊은이들이 정부 부문으로 몰리는 것은 당연하다.

결론 :

(아) 위에서 살핀 것처럼, '고시 열풍'은 뿌리가 여럿이고 깊다. 자연히 사회

가 근본적으로 개혁돼야, 비로소 그것이 사그라질 것이다. 그것을 개인들의 단견이나 욕심에서 나온 현상으로 여기는 것은 문제의 핵심을 놓치는 일일 뿐 아니라 올바른 처방이 나오는 것을 막아서 문제의 해결을 어렵게 한다.

정희모, 이재성,『글쓰기의 전략』, 들녘, 2005, 218-219면

제목			
주제문			
서론	1문단	논제와 관련된 배경 설명	
		논제 제기	
본론	본론을 여는 문단(글)❖		
	2문단	논제 (1)	중심 문장　(주장)
			뒷받침 문장 (근거)
	3문단	논제 (2)	중심 문장　(주장)
			뒷받침 문장 (근거)
	4문단	논제 (3)	중심 문장　(주장)
			뒷받침 문장 (근거)
	본론을 닫는 문단(글)❖		
결론	5문단	핵심 내용 요약	
		해결방안 및 대안 제시	

───── ❖ 이 부분을 간과하고 있는 경우가 많다. 글은 전체적으로 삼단 구성(서론, 본론, 결론)을 취하는데, 본론에서도 처음, 중간, 끝이라는 구성이 필요하다. 따라서 본론을 여는 문단(글)은 본론의 처음 부분이며, 본론을 닫는 문단(글)은 본론의 끝부분에 해당된다. 이를 숙지하고 개요 짜기 시, 활용하도록 하자.

자료 수집

자료의 생명은 공신력

글쓰기에서 사용되는 자료는 문헌 자료와 시청각 자료, 통계 자료, 설문지 조사 등이 있다. 주제가 설정되면 글의 성격에 적합한 자료 수집 방법을 선택해야 한다. 자료는 글의 종류와 목적에 따라 취사선택하는 것이 바람직하다. 글의 종류와 목적에 맞게 자료를 활용하게 되면 글에 대한 신뢰를 높일 수 있다.

주제 설정　　　자료 수집　　　자료
취사선택　　　개요 작성

다음에서 가장 많이 이용하는 기본 자료들의 성격과 특징을 살펴보자.

문헌 자료는 단행본, 논문, 에세이, 연구 보고서 등이 포함된다.

문헌 자료는 전문적 연구의 성격을 갖는 경우 일차적으로 거치는 과정이다. 이를 수행하기 위해서는 각 학교 중앙도서관이나 국회도서관www.nanet.go.kr, 국립중앙도서관www.nl.go.kr을 직접 방문하거나 웹사이트를 이용할 수 있다. 요즘에는 단행본이나 논문, 연구보고서 등이 데이터베이스DB화 되어 온라인으로 쉽게 구할 수 있다.

통계 자료를 들 수 있다.

통계는 관련 내용(자료)을 수집하여 그 내용을 특징짓는 수치를 산정하여 일정한 체계에 따라 숫자로 제시한 것이다. 공신력 있는 여론조사 기관이나 연구 기관, 정부 출연 기관 등에서 발표한 것이 통계 자료들이다. 숫자는 거짓말을 하지 않는다는 말처럼, 통계치는 관련 내용을 신뢰할 수 있고 한눈에 파악할 수 있는 중요한 자료이다. 때로는 긴 글보다 통계치로 입증하는 것이 효과적인 경우도 있다. 특히, 구체적인 데이터가 필요한 관찰이나 과학적 가설을 검증하는 경우에 측정 및 실험 등의 보고서는 객관적인 통계 자료 제시를 권장한다. 요즘은 통계 자료를 구하기가 그리 어렵지 않다. 많은 기관들이 사이트에 관련 자료를 제공하고 있다. 다음 사이트 외에도 관련 주제 통계 자료를 활용해 보자.

〈기관별 통계 자료 참조〉	
관세청 http://www.customs.go.kr	수출입실적, 수입화물실적
국가통계포털 http://www.kosis.kr	인구, 물가, 산업 등 통계 서비스 제공
국토해양부 http://www.mltm.go.kr	전 건설교통부, 해양수산부 통폐합 조직, 정보공개, 인사발령, 국민 참여 등 안내
교육통계서비스 http://std.kedi.re.kr	교육통계연보, 취업통계자료, OECD지표 등 정책 통계 제공
기상청 http://www.kma.go.kr	기온, 강수량, 풍향, 풍속 등 기후 통계
농산물품질관리원 http://www.naqs.go.kr	경지면적, 농산물생산량, 가축통계
농림수산식품부 http://www.mifaff.go.kr	농업 통계, 농산물 수출입통계
산림청 http://www.forest.go.kr	임업통계, 지역·연도별 산림통계
에너지관리공단 http://www.kemco.or.kr	에너지 소비, 전력 소비통계
지식경제부 http://www.mke.go.kr	환율, 금리, 유가, 반도체, 주가 등 경제지표 및 지식 경제용어
통계청 http://www.nso.go.kr	전반적인 통계 자료
한국관광공사 http://www.visitkorea.or.kr	관광통계, 내외국인출입 통계
한국교육개발원 http://www.kedi.re.kr	교육통계, 학교, 학생, 교원, 학급, 시설
환경부 http://www.me.go.kr	대기·수질 오염, 항공기 소음 등 환경 통계

설문 조사는 일정한 조사표를 만들어 다수의 사람에게 응답을 구하고 그 결과를 통계 정보로 나타낸 것을 말한다. 설문 조사는 조사표를 직접 들고 나가서 조사를 할 수도 있고, 여론 조사 전문 기관에 위탁할 수도 있다. 여러 사람에게 응답을 구하는 것이기 때문에 많은 시간과 비용이 드는 단점은 있지만 객관적이고 정확한 정보를 입수할 수 있다는 장점이 있다. 표준화된 설문지를 이용하는 것이므로 연구(조사) 대상의 결과를 비교하는 데 용이하다.

앞의 내용처럼 자료는 글의 주제와 목적에 적합한 것을 활용하는 것이 좋다. 사실 자료는 가능한 한 충분히 수집해야 한다. '양질 전환의 법칙'이라는 말처럼, 일단 많은 자료가 있어야 그 중에서 좋은 자료를 선택할 수 있다.

그리고 자료 수집 시에는 선입견에 의해 자료가 불균형을 이루지 않도록 해야 한다. 글을 전개하다 보면 그에 상응하는 내용과 반론을 제기하는 내용이 필요하다. 또한 수집한 자료를 읽고 간단한 생각이나 의견을 메모해두면 실제 글을 쓸 때 효과적으로 활용할 수 있을 것이다.

틀에 박힌
한국의 행복*

모 신문에서 한국, 중국, 일본, 미국 등 4개국의 행복도를 빅데이트로 분석한 기사를 읽었다.* 분석의 목적은 한국인의 행복 지형을 보다 심층적으로 파악하기 위한 것이었다. 그런 의도대로, 행복에 대한 한국인들의 생각을 다른 나라와 비교해서 볼 수 있었다.

한국 사람의 특성은 우선, '행복은 과시하고, 불행은 감추고'로 정리된다. 트위터를 통해서 한국 사람들은 불행에 비해 행복을 많이 언급한다. 게시물이 다른 사람에게 공개되기 때문에 되도록 자신의 긍정적인 모습을 드러내려는 심리가 크게 작용한 것으로 보인다. 또한, 한국인은 현실을 떠나서 행복을 찾는다. 최근 한국인들은 이웃집 마실가듯이 해외여행을 간다. 직장인 아무개(32)씨는 틈만 나면 해외여행을 다닌다. "일에 치여 살다 보니 일상에서는 숨 쉴 틈이 없다"며 "나에게 주는 선물이라고 생각해 무리해서라도 해외로 떠난다"고 했다. 흔히, '행복은 일상에 있다'고 하지만 한국인은 그 반대다. 콘서트, 여행, 이벤트 등에서 행복감을 표현한다. 직장, 일, 학교 등 일상으로부터의 탈출에서 기쁨을 느끼고 있는 것이다.

한국인은 가족과 연관해서 행복을 말한다. 빅데이터 분석에서 한국은 가족, 사랑, 감사, 엄마라는 말이 행복과 연관어로 나왔다. 특히 가족이 행복과 연관된 곳은 한국밖에 없다. 한국인의 행복감은 주로 가족 중심의 1차 집단과의 관계에서 파생되었다.

반면 미국과 일본의 경우 가족이 불행의 연관어로 꼽혔다. 미국은 '부모'와 '가족'이, 일본은 '아빠'가 불행과 함께 언급되는 일이 많았다. 미국은 친구가 행복의 연관어로 많이 나왔다. 중국은 '나'와 '우리', 그리고 '친구'라는 자기중심적 관계의 특성이 행복과의 연관 속에 강조되어 나타났다. 연애나 결혼을 포기한 젊은이들이 많아 사회적 문제가 되고 있는 일본은 '아내'와 '여자친구'는 행복의 대상이지만, '결혼'은 불행 연관어로 꼽혔다.

한국인은 일상에서 행복보다 불행을 더 많이 느낀다. 미국인은 '피자'나 '초콜릿' '사진' '강아지' '음악' '드라마' '전자책' 등 소소한 데서 행복을 표현했다. 4개국 가운데 일상에서 행복을 찾는 비중이 가장 높았다. 하지만 한국은 4개국 가운데서 행복 연관어가 가장 적었다. 물론 최근 유행을 반영하듯 '먹다'가 행복과의 연관어로 등장했지만 행복감이 다른 나라에 비해 획일적이고 제한적이다. 이런 분석을 통해서 행복은 주관적인 감정과 상태임에도 불구하고 한국 사람들은 그보다는 객관적인 기준에 부합하려는 경향이 크다는 것을 알 수 있다.

＊ 채지은, 「틀에 박힌 한국의 행복」, 〈한국일보〉, 2016. 1. 25.
＊ 글의 종류와 목적에 맞게 자료를 활용하면 글에 대한 신뢰를 높일 수 있다.

3부 내용상 쓰기 기술

단어 쓰기
퍼즐 맞추기 놀이

●

어휘력이 실력

언어는 생각을 표현하는 도구이다. 우리는 우리가 생각하는 바를 언어라는 도구를 빌려서 표현한다. 생각은 끊임없이 이어지는 단어와 단어, 문장과 문장을 통해서 드러난다. 자신의 생각을 정확하게 표현하려면 사용하는 단어가 정확해야 한다. 그러기 위해서는 풍부한 어휘력을 바탕으로 자신의 의도에 맞는 단어를 선택할 수 있어야 한다.

최근 흥미로운 연구 기사를 보았다. 어릴 때부터 스마트폰 의존도가 높은 학생들은 국어 성적이 떨어진다는 연구이다. 한 대학의 연구팀이, 서울의 중학교 3학년 4천 672명을 대상으로 국어 과목의 학업 성취도를 분석하였다. 중학교 입학 전부터 스마트폰을 사용하기 시작한 학생(2천 293명)의 국어 성취도는 다른 학생들보다 훨씬 낮게 나왔다. 이는 스마트폰에서 사용하는 신조어, 줄임말 등과 함께 짧은 글을 읽고 쓰는 데 익숙하다 보니 어휘력과 글쓰기 능력은 물론 종합적 사고력이 발달하지 못했기 때문이라고 한다. 국어는 도구적 성격의 통합교과인 관계로 언어 능력과 종합적 사고력이 없으면 결코 좋은 성적을 얻을 수 없는 과목이다.

국어 성취도의 하락은 국어 과목뿐 아니라, 다른 과목의 학습 능력과도 연계되어 있다. 학생들은 학년이 올라갈수록 어려워진 수업에 당황해 한다. 그 주된 이유는 어휘력 부족이다. 학년이 올라가면서 학습 내용과 용어는 점점 어려워지는데 반해 학생들의 어휘력은 스마트폰 수준에서 크게 벗어나지 않는다. 게다가 요즘 학생들은 모르는 단어가 나오면 사전을 찾는 습관도 없다. 그러다보니 단어와 용어의 벽에 부딪혀 공부에 흥미를 느끼지 못하는 것이다.

그런데 이 문제는 단순히 학업 성취도의 문제만은 아니다. 그것보다 중요한 것은 자신의 생각과 뜻을 제대로 표현하지 못한다는 데 있다. 표현할 수 있는 단어가 없으니, 어떻게 생각을 드러내야 할지 모른다. SNS에서 주고받는 단순한 표현들 가령, '재미있다', '흥미롭다', '좋다' 등의 감정 표현이나 이모티콘을 사용한 단순 표현의 수준을 벗어나지 못하는 것이다. 사고력이 부족하고 구사할 수 있는 단어가 한정되어 있으니 단순 반복적인 표현에서 벗어나지 못하는 것이다.

직장인 중에는 보고서를 제출할 때 상사로부터 "문장 앞뒤가 맞지 않다", "보고하려는 내용이 무엇인지 모르겠다", "핵심 사안이 빠졌다" 등의 능력과 직결되는 말을 듣는 경우가 있다고 한다. 직장인에게는 실로 치명적인 말이지만 그것을 남의 일이라고 치부할 수만은 없다. 훈련이 되지 않으면 누구든 그런 일을 당할 수 있기 때문이다.

최근 대필업체가 성황이라고 한다. 대필업체의 주된 일감은 취업준비생의 자기소개서라고 한다. 원하는 대로 소개서를 써 준다는 것. 그런데 자기 자신의 생각과 뜻을 가장 잘 아는 사람은 자신이다. 그것을 다른 사람이 써준다면, 외형은 그럭저럭 만들어지겠지만 그 사람 고유의 생각과 특성을 담기는 힘들 것이다. 그런 사실은 누구나 알고 있을 것이다. 알면서도 대필업체를 찾는 것은 스스로 글을 쓰지 못하기 때문이다.

어휘력 부족은 여러 이유가 있겠으나 무엇보다 큰 요인은 스마트폰의 사용이다. 휴대폰의 문자 메시지나 SNS 같은 단문에 길들여져서 논리적인 글을 길게 써본 경험이 없다. 그렇다고 스마트폰을 버릴 수는 없다. 그렇다면 그것을 만회할 수 있는 방법을 찾아야 한다. 흔한 방법으로 독서를 권장할 수 있다. 독서를 통해서 어휘력을 쌓는다거나 사고력을 기를 수 있을 것이다. 당연히 최선의 방법이다.

그렇지만 요즘 사람들은 독서에 할애할 시간을 갖고 있지 못하다. 물리적인 시간이 없는 것이 아니라 정신적으로 여유가 없다. 그렇다면 어떻게 해야 할 것인가? 그것은 습관을 바꾸는 데 있다. 모르면 찾아라. 영어 공부를 하면서 모르는 단어가 나오면 바로 사전을 찾는다. 찾는 과정을 몇 번 반복하다보면 단어의 의미가 자연스럽게 기억된다. 그런데 국어에 대해서는 사전을 찾지 않는다. 단어 한두 개 모르더라도 의미를 이해하는 데는 지장이 없다고 생각하기 때문이다. 하지만 사실은 그렇지 않다. 모르는 단어가 있으면 의미 파악이 정확하지 않을 가능성이 많다. 그래서 한글이라도 모르면 무조건 찾아서 의미를 확인해야 한다. 표준국어사전 어플을 내려받아 휴대폰에 깔아 놓으면 언제든지 쉽게 단어를 검색할 수 있다.

어휘력을 기르는 일은 국어 능력을 올리는 길이고 궁극적으로는 자신의 미래를 만들어 나가는 일이다. 즉, 어휘력은 자신의 능력이자 실력이고, 성공의 무기이다.

▲ 표준국어대사전

단어 쌓기는 퍼즐 놀이

어휘력은 양적 능력과 질적 능력 모두를 필요로 한다. 양적 능력은 어휘량을 늘리는 것으로, 많은 어휘를 습득하는 능력을 말한다. 질적 능력은 어휘의 여러 뜻을 익히는 것으로, 단어의 사전적인 의미를 비롯해 속담, 사자성어 등 관용적 어휘의 뜻을 아는 능력을 말한다. 특히, 질적 능력은 어휘와 어휘 사이의 연관 관계나 맥락을 이해할 수 있는 능력까지 갖추는 것이므로 글쓰기 기량을 함양하는데 결정적이다. 그런 점에서 어휘력은 표현력인 동시에 글쓰기 능력의 척도이다.

우리는 대개 외국어를 공부할 때는 단어를 암기하고 문법을 외워 정확성을 기한다. 반면 모국어는 그렇게까지 하지 않는다. 우리말도 표기상 같은 어휘라도 단어마다 의미가 다르다. 어휘를 공부 하여 어휘 기본기를 탄탄히 쌓는다면 보다 정확하고 명확한 글을 쓸 수 있다. 특히 일상에서 독서 환경에 접하기 어려운 경우라면 더욱더 어휘력을 길러야 한다.

어휘력을 쌓기 위해 생활 속에서 실천할 수 있는 방법을 생각해 보자.

먼저, 모르는 낱말에 관심을 갖자. 책을 읽거나 혹은 어딘가에서 모르는 낱말이 나오면 관심을 가져야 한다. 요즘은 하루가 다르게 새로운 단어들이 등장한다. 실시간으로 변하는 세계의 표정을 반영하듯 신종 용어가 쏟아지고 있다. 새로운 용어를 익히는 것과 동시에 그것을 보다 정확히 알기 위해서는 국어사전이나 인터넷 검색을 활용해야 한다. 용어만으로 그 뜻을 정확하게 유추하기 어렵기 때문에 실제 사물을 접하거나 느껴볼 필요가 있는 것이다. 의미를 익힌 다음에는 그 낱말을 설명하거나 짧은 문장을 만들어 볼 필요가 있다. 새로운 단어를 막 알게 된 경우 그 단어를 넣고 짧은 글짓기를 해 보는 것도 좋다. 문장을 만들어 사용해 봐야 단어의 뜻과 의미를 보다 분명히 알 수 있기 때문이다.

그리고 다양한 매체를 활용하는 것이 좋다. 가령 우리가 외국어를 공부할 때, 외국어가 나오는 영화를 보면서 공부하는 것처럼, 어휘력 향상을 위해 여러 매체를 활용해 보자. 영화뿐 아니라 시집과 신문의 사설이나 칼럼 등을 활용할 수 있다. 특히 시는 짧으면서도 시어가 함축하고 있는 바가 다양하므로 어휘를 공부하는 데 많은 도움을 준다. 다양한 시어를 많이 외우고 익힘으로써 어휘력은 물론 심미적 감성까지 기를 수 있다.

시(시집)가 감성적인 어휘를 확장할 수 있다면 신문의 사설이나 칼럼은 이성적인 어휘를 확장시킬 수 있다. 사설과 칼럼은 그때그때 이슈가 되는 사안들을 주제로 하기 때문에 글쓰기 실력을 향상시키는 데 빼놓을 수 없는 자료이다. 짧은 지면을 통해 현안에 대한 문제와 대안을 제시하므로 사설과 칼럼을 통해 논지 전개와 함께 어휘력 향상에 도움을 받을 수 있다. 신문의 사설은 신문사의 입장에 따라 각기 다른 논조를 지녔고, 또 그 분야의 전문가를 필진으로 하기 때문에 주제에 따라 전문용어까지 공부할 수 있다. 어휘력이 부족하거나 고급(저무) 어휘를 구사하고자 하는 경우는 시집, 사설, 칼럼 등을 두루 활용하는 것이 좋다.

물론 어휘 공부에 가장 좋은 것은 단어를 기록하는 습관이다. 하루에 한 단어라도 적어 보자. 그리고 매일매일 기록하고 저장한 단어를 단어와 연결해 보자. 그럼 단어와 단어가 만나 한 문장이 되고 문장과 문장이 만나 한 편의 글이 된다. 단어의 기록은 퍼즐 맞추기와 같다. 하루 한 단어가 500피스 퍼즐이 되고 1000피스 퍼즐이 된다. 하루의 한 단어 한 단어는 자신만의 사전이 된다.

단어의 힘은 조합

일반적으로 글은 서론, 본론, 결론으로 구성된다. 이를 좀 더 자세히 살펴보면 단어와 단어의 조합, 문장과 문장의 연결로 이루어진 것이 글이다. 전체적인 구성 못지않게 한 문장에서 사용하는 단어의 조합이 글을 돋보이게 한다. 올바른 단어·어휘의 선택과 사용은 독자에게 감동뿐 아니라 신뢰를 주기 때문이다.

여기서 몬드리안을 떠올려 보자. 피에트 몬드리안1872~1944은 네덜란드 출신으로 20세기 초반에 활동한 화가이다. 몬드리안의 작품에서 무엇보다 중요한 것은 색과 선의 조화이다. 당시 화풍은 사물을 사실적으로 그리던 시기로 몬드리안은 그다지 인정을 받지 못했다. 또한 사진이 대중화되기 시작하였기 때문에 회화만으로 보여줄 수 있는 무언가를 찾아야 했다.

몬드리안은 당시 유행하던 신지식의 영향을 받아 우리가 보는 모든 사물은 겉모습이 달라도 결국은 동일한 조화로운 상태를 이루고 있다는 걸 알게 된다. 몬드리안은 이를 기초로, 보이는 그대로의 사물에서 색채와 형태를 간략하게 하고, 단순하고 반복적인 과정을 통해 사물이 점점 추상적인 형태를 띠게 하여 결국 기본적인 조형 요소만을 남겼다. 그래서 최종적으로 빨강, 파랑, 노랑의 3원색과 수직, 수평의 선의 결과물로 〈빨강, 파랑, 노랑의 구성〉을 탄생시켰다.

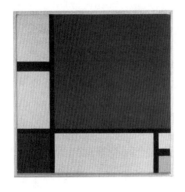 

〈몬드리안; 빨강, 파랑, 노랑의 구성〉　　〈비빔밥의 조화 = 단어의 조화〉

몬드리안의 〈빨강, 파랑, 노랑의 구성〉은 전체적인 균형감과 색, 선의 조화가 잘 이루어져 명작으로 평가된다.

조화는 그림에서 뿐만 아니라 글에서도 필요하다. 글을 구성하는데 중요한 것은 단어의 조화이다. 그런데 요즘 우리말의 파괴 현상이 심각하다. 특히 통신언어는 고유어, 외래어, 외국어 등의 무분별한 남용과 혼재, 이모티콘의 혼합으로 만들어지기 때문에 문법에 맞지 않을 뿐만 아니라 비체계적인 경우가 대부분이다. 통신언어의 급증은 우리말이 파괴와 변형을 초래하기 때문에 간과할 수 없다. 그렇지만 한편으로 통신언어는 전세계적인 다국적 언어이기 때문에 그 사용을 무조건 막을 수는 없다. 그렇다면 통신언어를 사용하는 사람들에게 상황과 환경에 따라 절제해서 사용하도록 하는 수밖에 없다. 올바른 단어·어휘의 선택과 사용은 글을 쓰는 사람의 몫이다.

우리는 글쓰기에 대해 너무 많은 선입견을 갖고 있다. 작문에 재능 있는 사람만이 창작을 하고 기사를 쓴다고 생각하지만 사실은 글을 쓰려는 의지만 있다면 누구나 쓸 수 있다. 너무 많은 것을 생각하지 말자. 단어와 단어를 결합하고 문장과 문장을 연결하면 한 편의 글이 된다. 잘못되거나 혹은 정확하지 않은 단어들은 지우면 된다. 글쓰기의 출발은 글을 쓰고자 하는 의지이다.

나와 나타샤와 흰당나귀

백석

가난한 내가
아름다운 나타샤를 사랑해서
오늘밤은 푹푹 눈이 나린다

나타샤를 사랑은 하고
눈은 푹푹 날리고
나는 혼자 쓸쓸히 앉어 소주를 마신다
소주를 마시며 생각한다
나타샤와 나는
눈이 푹푹 쌓이는 밤 흰 당나귀 타고
산골로 가자 출출이 우는 깊은 산골로 가 마가리에 살자

눈은 푹푹 나리고
나는 나타샤를 생각하고
나타샤가 아니올 리 없다
언제 벌서 내속에 고조곤히 와 이야기한다
산골로 가는 것은 세상한테 지는 것이 아니다
세상 같은 건 더러워 버리는 것이다

눈은 푹푹 나리고
아름다운 나타샤는 나를 사랑하고
어데서 흰당나귀도 오늘밤이 좋아서 응앙 응앙 울을 것이다

───　이 시는 겨울밤 눈 내리는 상황에서 사랑하는 여인 나타샤를 기다리는 심경
　　　을 표현하였다. 소주를 마시며 연인을 기다리는 화자의 마음은 내리는 눈과
　　　함께 점점 깊어진다. 화자의 낭만적 사랑이 신비롭게 표현되었다.

문장 쓰기
간결함과 조화가 답이다

문장은 정보와 메시지

좋은 글과 문장은 주제와 메시지를 통해서 독자의 마음을 움직인다. 그것을 효과적으로 하기 위해서는 정확한 내용을 쉬운 문장으로 써야 한다. 독자를 배려해야 하기 때문에 권위적이거나 독단적인 문장은 좋지 않다. 실용적인 글쓰기에서 그것은 더욱 절실하다.

글쓰기는 대체로 문학적 글쓰기와 실용적 글쓰기로 나눌 수 있다. 문학적 글쓰기는 시, 소설, 수필, 시나리오 등과 같은 창작 영역으로 비유와 상징, 은유 등을 활용하기 때문에 개인의 재능과 관련이 깊다. 반면 실용적 글쓰기는 우리 실생활에 필요한 글로 논리적인 구성과 정확한 문장을 바탕으로 하기 때문에 개인의 성실성과 연관된다. 우리가 일상에서 주로 사용하는 글은 실용적 글이기 때문에 작가가 되고자 하는 경우가 아니라면 실용 글쓰기를 익히는 것이 좋다.

실용적 글쓰기는 정확한 문장이 생명이다. 실용문의 주된 목적은 소통이므로 글을 읽는 사람이 쉽게 이해할 수 있어야 한다. 미사여구를 사용하여 화려하게 꾸미는 것이 아니라 독자가 이해하기 쉬운 용어와 정확한 문장으로 서술되어야 한다.

우리가 대화를 할 때는 당사자 간의 공통된 상황이 주어지기 때문에 주어와 목적어를 넣지 않더라도 뜻이 통한다. 그러나 글은 그렇지 않다. 한 문장에서 주어가 빠지거나 목적어가 빠지거나, 아니면 주어와 술어가 불일치하면 불완전한 문장이 된다. 불완전한 문장은 자신의 주장과 논리를 전달하기 어렵기 때문에 적절하지 못하다. 문장은 어떤 대상에 대한 정보를 담고 있기 때문에 그것을 파악할 수 있도록 써야 한다. 그래서, 단어의 정확한 의미를 알고 문법적 지식을 갖추어야 정확하고 온전한 문장을 쓸 수 있다.

문장에는 주장이 담겨야 한다. 간혹 독자들은 글을 다 읽고 나서 '뭘 말하려는 거지?' 하고 당황스러워 하는 경우가 있다. 이는 글쓰기 기술에 문제가 있는 것이 아니다. 글쓴이가 전달하고자 하는 바를 애매하게 썼기 때문에 독자에게 의도가 잘 전달되지 않은 것이다. 한 문장 안에는 반드시 주장하는 메시지가 있어야 한다. 문장의 목적은 메시지를 정확히 전달하는 데 있다.

문장 전개 구조가 순조롭지 않으면 읽는 데 방해를 받는다. 정보 배열을 자연스럽게 하여 한 정보가 다른 정보와 유기적으로 연결될 수 있도록 하는 것이 필요하다. 이를 위해 간결한 문장으로 주장을 펴는 것이 좋다. 문장이 길어지면 비문이 생기고 주장이 모호해질 가능성이 높다.

문장에는 품격이 있다. 문장은 격앙된 감정을 드러내지 않아야 한다. 우리 사회에 만연한 차별적인 언어와 시선을 담은 문장이 되어서는 안 된다. 예를 들어 외국인 노동자를 '이주 노동자'라고 하는 차별적인 단어 사용이나 편향되고 편파적인 시선을 담은 문장은 삼가야 한다. 문장은 중립적이고 균형 잡히고 공정해야 한다. 그것이 문장의 품격을 만든다.

문장의 자연스러운 흐름도 중요하다. 잔잔한 물과 바다를 보면 마음이 편안해지고 힐링이 되지만, 태풍이 몰고 온 파도를 보면 두려움이 앞선다. 글은 잔잔한 바다의 물결처럼 한 문장에서 다음 문장으로 자연스럽게 넘어갈 때, 읽는 사람이 편안하고 부담이 없다.

문장은 형식과 내용의 조화

첫 문장에 승부 걸어라.

글쓰기에서 완결성을 향한 생각의 최소 단위는 문장이다. 문법에 맞는 문장을 쓰는 것이 글쓰기의 첫걸음이다. 산만하고 요점이 분명치 않은 글은 나쁜 글이다. 반면 글의 핵심이 두드러져 한눈에 이해할 수 있는 글이 좋은 글이다. 독자가 첫 독해에서 모든 것을 이해할 수 있도록 좋은 문장을 써야 한다. 그래서 첫 문장이 중요하다. 사람도 첫인상이 중요하듯이 글도 첫 문장이 매력이 있어야 다음을 읽게 된다.

『칼의 노래』(김훈)의 첫 문장은 "버려진 섬마다 꽃이 피었다."이다. 작가는 첫 문장을 '꽃은 피었다'로 할 것인지 '꽃이 피었다'로 할 것인지를 놓고 일주일을 고민하였다고 한다. 작가의 설명에 의하면, 전자는 글쓴이의 주관이 들어간 시선이고, 후자는 현실을 냉혹하게 보여주는 것이라고 한다. 글쓰기는 이처럼 조사 하나로도 문장의 맛이 달라진다. 독자들에게 자신의 글을 읽히게 할 것인지 멈추게 할 것인지도 첫 문장에 달려 있다.

그러나 생각처럼 첫 문장 쓰기가 쉽지는 않다. 첫 문장을 쓰지 못해 글을 못 쓰는 경우가 허다하다. 이때는 육하원칙을 떠올려 보자. 즉, '누가, 언제, 어디서, 무엇을, 어떻게, 왜'에 따라 문장을 만들어보자. "아무개가 그저께 밤 10시 경에, 종로 2가 중앙 빌딩 앞에서 ……" 이렇게 육하원칙에 따라 한 문장을 쓰고 또 한 문장을 쓰면, 글의 전개가 훨씬 쉬워진다. 그렇게 해서 한 문장을 쓰고 다음 문장을 쓰면 한 편의 글이 된다.

첫 문장을 쓰고 나면 글쓰기 절반이 끝난 것이나 마찬가지다.

간결함이 답이다.

복잡한 시대에 단순함은 매우 중요한 경쟁력이다. 복잡한 것을 분명하고 명료하게 만들어주는 기술인 단순함은 작업의 능률을 한층 높이는 요인이다. 그렇기 때문에 단순함은 최고의 성공전략이라고 할 수 있다. 단순함의 우수성은 글쓰기에도 적용된다. 글쓰기에서 중요한 것은 명확한 주제의 전달이다. 이를 위해 간결한 문장을 써야 한다.

독일의 문호, 괴테가 여동생에게 짧은 편지를 쓰려고 했는데 시간이 없어서 긴 편지를 쓰게 되었다고 말한 적이 있다. 괴테가 한 말의 핵심은 길게 쓰는 것보다 짧게 쓰는 것이 더 많은 시간과 노력을 요구한다는 점이다. 대개 글을 읽다가 포기하거나 짜증이 나는 경우는 문장이 길고 내용이 복잡할 때이다. 문장이 길어지면 부수적인 내용이 많아져서 중심 내용에 집중할 수가 없다. 우리말은 보조문장이 많으면 복잡해지므로 짧게 줄여서 핵심만을 적는 것이 좋다.

좋은 문장을 쓰기 위해서는 간결하고 단순해야 한다. 그렇다고 항상 짧게만 쓴다면 글의 지속성과 유장한 흐름이 약화되므로 중문과 복문을 적절히 섞어 쓰는 것이 좋다. 한 문장의 단어 수효에 따른 이해 정도를 측정한 결과, '8단어 이하인 문장은 이해하기가 매우 쉽고, 11단어는 쉬움, 14단어는 꽤 쉬움, 17단어는 보통, 21단어는 꽤 어려움, 25단어는 어려움, 29단어 이상은 매우 어려움'으로 분석되었다고 한다. 한 문장에서 사용하는 단어가 많을수록 이해가 어렵다는 말이다. 문장은 50자 안팎이 적절한 것으로 보인다.

글은 다 쓰고 어느 정도 시간이 지나면 빼도 되는 부분들이 보인다. 그런 것이 눈에 들어온다면 과감하게 빼버려야 한다. 그 문장에서 단어 혹은 내용이 반드시 들어가야 하는가, 문장 혹은 단락이 전체 이야기에서 꼭 필요한지를 생각해 본 다음, 그렇지 않다면 과감히 삭제하는 게 좋다.

중심 문장과 뒷받침 문장의 조화가 필요하다.

문장은 최소의 단어로 최대의 의미를 담아야 한다. 경제적이고 합리적인 문장이 좋은 문장이다. 이를 위해 중심 문장과 뒷받침 문장이 적절히 조화를 이루어야 한다. 글쓴이가 중요하게 생각하는 주제에 대한 메시지가 중심 문장이다. 하나의 문단에는 보통 한 개의 중심 내용이 들어 있다. 중심 문장을 찾으면 문단에서 이야기하고자 하는 중심 내용을 쉽게 파악할 수 있다. 중심 문장은 하위 문장이 표현하고자 하는 모든 내용을 포함하기 때문이다. 중심 문장은 주제와 연관성이 깊은 핵심 내용으로써 글의 목적과 종류에 따라 적절하게 서술되어야 한다.

중심 문장이 비약 없이 전개되도록 하기 위해서는 충분한 근거를 들어 설명하는 뒷받침 문장이 필요하다. 중심 문장을 뺀 나머지 문장들, 즉 예를 들어 설명하는 것이 뒷받침 문장이다. 문단은 하나의 중심 문장과 여러 개의 뒷받침 문장으로 구성된다.

문장 구성은 중심 문장이 문단 맨 처음에 있는 경우와 문단 맨 마지막에 있는 경우, 문단 가운데에 있는 경우가 있다. 물론 중심 내용이 없는 경우도 있기는 하다.

중심 내용; 두괄식			중심 내용; 양괄식
		중심 내용; 중괄식	
	죽심 내용; 미괄식		중심 내용; 양괄식

위 그림처럼 중심 내용을 먼저 제시하고 부연 내용을 그 다음에 제시하는 두괄식 구성과 서두에 막연한 내용을 열거하고 말미에 주장

을 제시하는 미괄식 구성, 중간에 중심 내용을 구성하는 중괄식 구성 등이 있다. 중심 문장의 위치는 글의 장르와 내용에 따라 달라진다. 가령, 감동적인 내용인 경우는 미괄식을 사용하는 것이 보편적이지만 설득과 정보를 알려주는 실용 글쓰기는 두괄식 사용을 권장한다.

문장의 형식도 고려하자.

문장은 형식적인 요소도 고려해야 한다. 그래서 문장과 단락, 글 전체에서 일맥상통하는 중심 생각을 뚜렷하게 설정하는 것이 좋다. 말하고자 하는 목적과 전달하려는 내용은 분명한 문장으로 표현되어야 한다. 국어의 문장은 주어, 목적어, 서술어 등의 문장 성분으로 이루어지는데, 이 문장 성분을 정확하게 사용해야 의미를 온전히 전달할 수 있다. 문장을 작성할 때는 성분 간의 호응, 성분의 생략, 성분 간의 배열이나 과도한 연결 등에 주의가 필요하다.

또한 번역 투와 명사 나열 표현은 삼가야 한다. 특히 논리적인 글에서 주로 구사하는 품사를 주의하자. 논리적인 글은 명사와 동사가 주를 이루어야 한다. 실체가 있는 품사 위주로 써야 내용이 튼실해지기 때문이다. 내용을 직접적으로 언급하는 대신 다른 문장 요소를 꾸며주는 형용사나 관형사, 관형사절은 절제하는 것이 좋다. 문장 구조는 단순한 것이 좋으며, 가능하다면 홑문장을 쓰고, 대등절의 반복·관형절·복문·문장의 접속사를 피하는 것이 좋다.

쉬운 용어로 문장의 이해를 돕자.

글은 생각을 표현하는 것이다. 표현은 내용을 어떻게 효과적이고 호소력 있게 전달하는가의 문제이다. 표현은 문장에 달려 있다. 좋은 문장은 비문을 쓰지 않고, 군더더기 없이 깔끔하게 다듬은 문장이다. 군더더기가 없으면 문장이 짧아지면서 이해하기도 쉽다.

먼저, 쉬운 어휘를 사용할 필요가 있다. 간혹 쉽게 읽히는 글을 훌륭하지 않다고 생각하는 사람이 있다. 어려운 단어를 현란하게 나열하거나 고상한 단어를 사용해야 좋은 글이라고 생각하는 것이다. 그렇지만 좋은 글은 한눈에 단 시간에 이해되는 글이다. 따라서 줄임말과 전문 용어, 한자를 최소화하고 쉬운 어휘를 선택할 필요가 있다. 공문서, 보도자료 등 공공언어가 어려운 이유는 줄임말과 전문 용어, 한자를 많이 사용하기 때문이다. 그런 요소들의 과도한 사용은 난해한 글을 만들고 소통에 지장을 가져온다.

또한 수사의 남발도 자제해야 한다. 내용이 뒷받침되지 않는데 수사법만 요란하면 설득력이 떨어지는 까닭이다. 특히, 의문문을 자주 구사하는 것은 좋지 않다. 글이란 하나의 주제, 문제에 대해 자신의 생각을 표현하는 것이기 때문에 설득력을 높이는 글에서는 자제해야 한다.

사과꽃이 피기 전 매우梅雨의 계절에 그는 밤늦도록 안방에서 책을 읽으면서 새웠다. 그 방에는 아버지와 형님, 누나의 세 사람이 읽어온 책들이 그득했다. 그리고 이제 그 모든 책이 다 그의 것이었다. 아버님 책은 거의 모두가 오래된 일본 법률책이었다. 그것들은 준에게 아무 쓸모 없는 휴지들이었다. 형과 누나의 책의 대부분은 소설이었다. 그는 닥치는 대로 읽었다. 누나가 밭일 속으로 망명한 것처럼 그는 책 속으로 망명하였다. 그가 제일 좋아하며 되풀이 되풀이해서 읽은 책은 『플란더즈의 개』였다. 아름다운 사랑. 개와 사람 간에 맺어진 우정과 믿음, 어른들의 쓸데없는 겉치레, 소년의 야망. 우연이 빚어낸 비극. 아름답고 착한 소년이 바르고 씩씩하게 살다가 쓰러지는 모습이 그를 감동시켰다. 『집 없는 아이』도 그를 기쁘게 했다. 그것은 『플란더즈의 개』와는 거꾸로 바르고 굳센 사람이 끝에는 이기고야 마는 이야기였다. 레미 소년과 더불어 그는 프랑스 방방곡곡을 떠돌았다. 원숭이가 폐렴에 걸렸을 때 준은 몹시 슬펐다. 양어머니를 그리워하는 레미의 마음을 헤아리고 눈물을 흘리는 것이었다. 모험과 싸움의 이야기가 그의 어린 마음을 즐겁게 했다. 이런 쉬운 이야기만 읽은 것은 아니었다. 그는 두툼한 『나나』를 몰래 읽고 있었다. 이 게으르고 방종한 여자의 이야기가 어쩌면 그렇게 재미있을까. 그는 나나가 벽난로 앞에서 맨몸뚱이가 되어 불을 쬐는 대목을 읽으면서 가슴이 뛰었다. 『플란더즈의 개』나 『집 없는 아이』와는 또 다른 세계가 거기 있었다. 그리고 더 어찔하고 짜릿한 세계였다. 『나나』를 그는 몰래 읽었다. 어쩐지 남이 보는 데서 읽기는 계면쩍었기 때문에. 어머니 앞에서만은 그는 버젓이 그 책을 펴놓고 읽었다. 어머니는 한글과 한문을 조금 뜯어볼 뿐, 책을 못 읽는 것을 알고 있었기 때문에. 어머니는 그저 준이 아무 책이나 들고 있으면 공부하는 줄만 알고 몸이 상하겠다고 늘 말했다. 그럴 때 그는 사람을 속이고 있다는 죄의식을 느꼈었다. 그것은 아마 그 자신 분명히 죄스럽다고 느낀 맨 처음 감정이었다. 죄의 기쁨 속에서도 이야기의 세계는 여전히 매력이 있었다. 그것은 일종의 거꾸로 선 세계, 물구나무선 마음의 나라였다. 이야기가 더 현실적이고 현실이 더 거짓말 같은 질서였다. 이 같은 죄의 기쁨을 위해서 그는 나중에 값을 치러야만 했다. 그가 책을 읽고 있는 방 바깥 처마 끝에는 커다란 옹기 도가니가 늘 빗물받이로 놓여 있었다. 비가 오는 날이면 철, 철, 철, 떰벙, 떰벙, 하는 소리가 문득 그의 귀를 울렸다. 그는 한참씩 그 소리에 귀를 기울이다가는 다시 책장을 넘겼다. 책을 읽고 있는 사이 그 소리는 어디론가 사라졌다가 그의 주의력이 느슨해지면 그 소리는 다시 기어들었다.

— 최인훈, 『회색인』에서

문장 쓰기 훈련과 방법

단문 쓰기 훈련을 하자.

글을 잘 써보겠다며 수식어를 자꾸 넣다 보면 글이 길어진다. 이것은 생각이 정리되지 않았다는 반증이다. 글이 길어지면 잘못된 문장이 되기 쉽다. 특히 주어 술어의 호응이 엇갈리는 경우가 다반사다. 한 문장에는 한 가지 생각만 담는 것이 좋다.

미국에서 통용되는 아주 기술적인 교육법으로 단문을 반복하는 훈련이 있다. 이를테면 자판기에서 커피를 뽑는 동작을 3단계로 묘사한다고 하자.

① 동전을 넣는다. ② 자판기 버튼을 누른다. ③ 커피를 꺼낸다.

이것을 4단계, 5단계, 10단계 하는 식으로 계속 늘려가는 것이다. 이 훈련을 계속 하다보면 문장을 정확하고 명료하게 묘사하는 힘을 기를 수 있다.

1단계	2단계	3단계
① 동전을 넣는다.	① 동전을 넣는다.	① ② 동전을 넣는다.
② 자판기 버튼을 누른다.	② 메뉴를 선택한다.	③ ④
	③ 자판기 버튼을 누른다.	⑤ ⑥
③ 커피를 꺼낸다.	④ 자판기 뚜껑을 연다.	⑦ ⑧
	⑤ 커피를 꺼낸다.	⑨ 커피를 꺼낸다. ⑩

또 다른 방법으로 뜻이 같거나 비슷한 문장을 여러 형태로 바꿔 써보는 것이다. 예를 들어, '나는 너를 사랑한다'는 문장을 몇 가지로 바꿔 써보면 다음과 같다.

① 내가 너 사랑하는 거 알고 있지?
② 넌 천사보다 더 아름다워.
③ 너는 나에게 사랑을 알게 해주었어.
④ 너를 보면 가슴이 떨리고 행복해.

①∼④는 문장의 뜻은 조금씩 다르지만 전체적인 의미는 같다. 표면구조는 다르지만 심층의 구조는 같은 셈이다. 이렇게 한 문장을 여러 형태로 바꿔 써보면 문장력을 향상시킬 수 있다.

좋은 문장, 표현을 메모 하자.

메모는 글쓰기 능력을 향상시키는 지름길이다. 메모는 글쓰기의 시작인 글감 찾기에 도움을 주거나 글의 이해를 돕는 인용과 예시 등에 활용할 수 있다. 우리가 접하는 모든 것이 메모 대상이 된다. 남들이 기억하지 못할 일들, 찰나에 스쳐지나가는 것들, 남들이 하찮게 여기는 것들에 의미를 부여하고 메모를 해보자. 특히, 문장력이 좋은 글까 신문 사설, 칼럼에서 눈에 들어오는 낱말, 참신한 주제, 이상적인 화제나 표현을 메모해 보자.

글을 쓰다가 막힐 때, 메모 수첩을 참조하면 글이 쉽게 풀리기도 하고 또 좋은 글을 쓸 수도 있다. 메모를 할 때 모르는 단어가 나오면 사전을 찾아서 그 뜻을 적어두는 것도 좋다. 정확한 문장은 정확한 언어에서 시작한다. 단어의 사전적 의미와 문맥적 의미를 고려하여 글을 쓰면 보다 정확한 문장을 구사할 수 있을 것이다. 아울러 좋은 글을 만났을 때, 그 글의 장점을 분석해서 정리할 필요도 있다. 나중에 그 메모를 참조해서 글을 지을 수 있기 때문이다.

문장의 리듬감을 살리자.

문장은 간결한 것이 좋다. 문장이 길면 비문이 되기 쉽고, 독자의 몰입도도 떨어진다. 그렇다고 계속 단문을 쓰면 건조한 문장이 된다. 문장도 음악처럼 리듬감이 있어야 한다. 단문과 중문, 복문을 적절하게 활용하는 것이 리듬감에 해당된다. 글쓰기가 익숙지 않은 경우는 리듬감을 살려 쓰기가 쉽지 않다. 이 경우 문장을 압축해 보거나 길게 풀어서 쓰는 연습을 해 보자. 예를 들어, 긴 문장을 짧은 문장으로 나누어 써보는 것이다. 긴 문장을 나누면 대개 글이 좋아진다. 덧붙이자면, 함축적인 관계문을 풀어 써 보는 것도 도움이 된다.

리듬감은 단문, 중문, 복문 등 문장의 길이뿐 아니라, 단어와 문구의 표현에서도 나타난다. 글은 평면적이라고 생각하기 쉽다. 그러나 단어와 문구 표현에 따라 글은 입체적인 형태를 띨 수 있다. 동의어를 사용하거나, 상투적인 문구를 반복하면 평면적인 글이 되기 쉽지만, 새로운 단어, 신선한 문구가 입체적으로 구사되면 보다 입체적인 글이 될 것이다. 동의어와 동음이의어同音異義語를 학습해 두면, 의미를 다양하게 표현하는 방법을 터득할 수 있다.

① 영은이는 배를 타고 강을 건넜다.

② 종철이는 과수원에서 배를 땄다.

③ 형석이는 밥을 많이 먹어서 배가 부르다.

①의 배는 '강이나 바다에서 타는 배'이고, ②의 '배'는 '먹는 배'이며, ③의 '배'는 사람의 몸에 있는 배를 의미한다. 이들 세 낱말은 소리가 같지만 서로 다른 뜻을 가진다. 문장에서 이런 단어들을 적절하게 활용하면 해학과 함께 신선한 효과를 일으킬 수 있다.

더욱 다양하고 풍성하게 표현할 수 있는 어휘력과 문장 표현력은 글쓰기의 경쟁력을 키울 수 있다. 때문에 동의어와 상투적인 문구는 줄이도록 하자. 가령, 글의 어미인 '말했다'도 상황에 따라 언급했다, 강조했다, 회고했다, 덧붙였다, 꾸짖었다, 격려했다 등으로 변화를 줘 보자. 물론 다양한 어휘를 구사하는 것이 쉽지 않다. 일단 써놓고 나중에 대체어를 고민하더라도 크게 문제가 되지는 않을 것이다.

접속어 사용을 줄이자.

접속사는 문장과 문장을 부드럽게 이어준다고 생각하지만 실제로는 문장을 늘어지게 한다. 접속사는 문장과 문장 사이의 연결에서뿐만 아니라, 단락과 단락의 연결에서도 불필요하게 사용되는 경우가 많다. 문장력은 접속사 없이도 앞 단락과 뒤 단락, 앞 문장과 뒤 문장이 물 흐르듯 자연스럽게 연결되는 것을 말한다. 글의 성격과 내용에 따라 다소 차이가 있지만 접속사가 많은 문장은 좋은 글이 될 수 없다. 글의 생명은 간결함과 함축성이다. 간결한 문장은 뜻이 분명하게 전달될 수 있게 하고 또 속도감을 부여한다. 속도감을 위해서는 접속사 남용을 줄여야 한다. 접속사를 많이 사용하는 경우도 일단은 글을 쓰고 나중에 퇴고를 통해서 제거하면 된다. 간결한 문장이 긴장감을 주고 호소력을 갖는다는 점에서 가능하면 접속사 없이 글을 쓰는 버릇을 들이도록 하자.

문장, 보고 또 보자

문장은 글의 기본 단위이다. 하나의 완성된 문장을 만들어보는 훈련은 글쓰기의 기본을 갖추는 것이다. 기본단위를 구성하는 능력을 갖고 있다면 글쓰기는 결코 어렵지 않다. 문장이라고 해서 너무 거창하고 어렵게 생각하지 말자. 구슬을 꿰어 목걸이를 만들 듯이 단어와 단어의 결합을 통해 문장을 만들면 된다. 그러기 위해서 중요한 것은 바른 문장 쓰기이다.

정확한 문장이란?

문법이나 논리에 어긋나는 부정확한 문장을 비문非文이라고 한다. 비문은 의미를 제대로 전달할 수 없다. 비문은 많은 경우 글 쓰는 사람 자신의 사고의 혼란에서 비롯된다. 그렇기 때문에 글을 쓸 때 논리적으로 생각하는 습관을 갖는 것이 바른 문장 쓰기에 보탬이 된다.

비문의 용례

① 문장 성분의 결여, 불필요한 성분의 중복

주어, 목적어, 서술어 등은 필수적인 문장의 요소로서 근간 성분이라고 한다. 우리말은 주어, 목적어 등의 근간 성분의 생략이 비교적 자유로운 편이다.

> 예) 온 겨레가 한결같이 사랑하고 그리워하는 꽃을 나라꽃이라
> 합니다.

그러나 생략하지 않아야 할 곳에서 생략을 하면 비문이 된다.

> * 사랑과 미움 사이에는 명확한 선이 그어져 있어 마치 이질적인
> 두 개의 감정인 듯 느껴진다.
> → 사랑과 미움 사이에는 명확한 선이 그어져 있어 이 둘은 마
> 치 이질적인 두 개의 감정인 듯 느껴진다.

또한, 불필요한 성분이 중복되어 있어도 잘못된 문장이 된다.

> * 이 작품은 작가의 젊은 시절의 사랑이 이 소설에 그대로 반영
> 되어 있다.
> → 작가의 젊은 시절의 사랑이 이 소설에 그대로 반영되어 있다.

② 호응 관계의 잘못

구문 요소 간의 호응 관계가 잘못되면 비문이 된다.

> * 할아버지께서는 돈이 계시므로 여행을 자주 간다.
> → 할아버지께서는 돈이 있으시므로 여행을 자주 가신다.
> * 그는 전혀 그것을 안다고 해 놓고서는, 이제 와서 딴소리를 한다.
> → 그는 전혀 그것을 알지 못한다고 해 놓고서—

③ 잘못된 높임 표현

　* 강아지가 참 예쁘시네요.

　→ 강아지가 참 예쁘네요.

　* 저희 나라는 교통 문제가 너무 심각합니다. (같은 한국인에게)

　→ 우리나라는 교통 문제가 너무 심각합니다.

　* 고객님, 주문하신 커피 나오셨습니다.

　→ 고객님, 주문하신 커피 나왔습니다.

④ 말의 중첩과 남용 (군더더기)

　* 기름진 옥토沃土가 잡초에 묻혀 있다.

　→ 기름진 땅이 잡초에 묻혀 있다.

　('옥토'라는 말 속에 '기름진'이라는 의미가 들어 있다.)

　* 여태까지 허송세월을 보냈다.

　→ 여태까지 세월을 헛되이 보냈다.

　('허송'- 헛되이 보내다.)

　* 의견 교환을 나눌 계획이다.

　→ 의견을 나눌 계획이다.

⑤ 접속의 혼란

대등 접속에서 이질적인 요소들의 결합에 의한 문장은 틀린 문장이 된다.

　* 그는 학생이고, 나는 낚시를 좋아한다.

　→ 그는 학생이고, 나는 회사원이다.

* 대학은 진리 탐구와 인격을 도야하는 곳이다.

→ 대학은 진리를 탐구하고 인격을 도야하는 곳이다.

⑥ 의미론적으로 모순된 문장

의미가 논리적인 모순을 가지면 역시 비문이 된다.

* 그 과부의 남편은 엊저녁에 죽었다.

* 젊은 두 부부는 날마다 재미있게 싸웠다.

* 노처녀와 홀아비는 드디어 이혼을 하고 말았다.

⑦ 중의적 해석이 가능한 모호한 문장

꼭 비문이라고는 할 수 없으나, 좋은 문장이라고 할 수 없다. 의미가 분명한 정확한 문장으로 고쳐야 한다.

* 이 사람이 허준이라는 소설을 쓰는 분이다.

→ 이 사람이 소설을 쓰는 허준이라는 분이다.

→ 이 사람이 소설 허준을 쓰는 분이다.

* 아버지의 초상화가 있다.

→ 아버지가 그리신 초상화가 있다.

→ 아버지를 그린 초상화가 있다.

→ 아버지가 소장하신 초상화가 있다.

⑧ 어휘 선택이 잘못된 문장

* 주가가 하락세로 치닫고 있다.

→ 주가가 하락세로 내리닫고 있다.

＊실력의 월등한 열세로 경기에 졌다.

→ 실력의 상당한 열세로 경기에 졌다.

＊마개를 덮어 놓아라.

→ 마개를 막아 놓아라.

＊수석 합격은 열심히 공부한 탓이다.

→ 수석 합격은 열심히 공부한 때문이다.

부자연스러운 문장

① 문장을 자연스럽게 하기 위해서는 수식어 처리를 잘해야 한다.

같은 형태의 반복을 피한다.

＊밝은 건강한 즐거운 흡족한 모습으로 다시 만날 것을 기대합니다.

→ 밝고 건강하며 즐겁고도 흡족한 모습으로 다시 만날 것을 기대합니다.

수식어와 피수식어가 가깝게 위치해야 한다.

＊저 학생은 성실하게 자신에게 맡겨진 일을 수행한다.

→ 저 학생은 자신에게 맡겨진 일을 성실하게 수행한다.

긴 수식어가 앞에, 짧은 수식어가 뒤에

＊국민의, 국민에 의한, 국민을 위한 정부는 멸망하지 않을 것이다.

→ 국민에 의한, 국민을 위한, 국민의 정부는 멸망하지 않을 것이다.

범위가 큰 것이 앞에, 작은 것이 뒤에

＊안경을 끼고 얼굴이 잘생긴 키가 보통인 한 남자가 걸어오고
있다.

→ 키가 보통이고, 얼굴이 잘생긴 안경 낀 한 남자가 걸어오고
있다.

② 명사형을 사용하기보다는 서술어로 처리하라.

＊그대 있음에 나는 행복하였다.

→ 그대가 있어서 나는 행복하였다.

＊결국 불법 건물임이 밝혀져 말썽을 빚고 있다.

→ 결국 불법 건물로 밝혀져 말썽이 되고 있다.

＊대중들에게 가르침을 펴고자 생명을 버린 그 사람의 행동은 감
명을 주기에 부족함이 없을 것이다.

→ 그 사람이 대중들을 가르치고자 생명을 버려, 대중들에게 큰
감명을 줄 것이다.

③ 피동형보다는 능동형으로 쓰자.

＊대통령은 외무장관에게서 방미 결과를 보고 받았다.

→ 외무 장관이 방미 결과를 대통령에게 보고했다.

＊개방의 문이 열어지고 정의로운 사회를 실현시키고

→ 개방의 문을 열고 정의로운 사회를 실현하고

④ '것', '것이다'의 반복을 피하자.

  * 한식은 영양가가 풍부하다는 것과 약간 맵다는 것이 특징이라
    는 것이다.

    → 한식은 영양가가 풍부하고 약간 맵다는 것이 특징이다.

  * 다른 국가들이 겪었던 경험과는 양적으로 질적으로 다른 것이
    된 것이다.

    → 다른 국가들이 겪었던 경험과는 양적으로 질적으로 달랐다.

　　이상의 사실들을 기억하면 정확한 문장, 자연스러운 문장 쓰기를 할 수 있을 것이다. 아울러 평소 글을 보다가 흥미로운 문장이 보이면 필사를 하는 것도 좋은 방법이다. 문장에서 언급하고 있는 구체적인 상황을 이미지로 그려보면서 글쓰기를 하면 효과가 더욱 높아진다. 그림을 그리듯이 상황을 상상하면서 이어쓰기를 하면 글쓰기 아이디어가 기하급수적으로 많아진다는 사실을 느낄 수 있을 것이다.

1. 주어와 서술어의 호응 관계를 살핀다. 우리말은 주어가 생략 되는 경우가 많기 때문에 자칫 주·술 관계를 잘못 설정하는 경우가 많다. 특히 긴 문장은 주어와 서술어가 멀리 떨어져 있기 때문에 호응이 잘못되어 비문이 되기도 한다. 이럴 경 우 먼저 주어를 찾고 그에 맞게 서술어가 사용되었는지를 확 인해 보아야 한다.

2. 복문(복합 문장)처럼 부속 성분이 많을 경우 부속 성분을 제거 하고, 주성분(즉 주어, 서술어, 목적어, 보어)만을 추려낸다. 그리 고 그들의 관계가 제대로 설정되어 있는지를 확인한다.

3. 복문의 경우, 몇 개의 단문으로 나누고, 각 성분들 간의 호 응 관계를 살펴본다. 즉 긴 문장을 기본 문장으로 분해한 다 음, 단문을 구성하는 각 성분들의 호응 관계를 살펴본다.

한 편의 글은 문장에서 시작하여 문장으로 끝난다. 문장은 단어가 모여서 이루어지므로, 글쓰기에서 단어의 선택은 매우 중요하다. 여기서는 문장 쓰기의 원리 및 단어의 갈래와 뜻에 대해 살피기로 한다.

문장 쓰기의 원리

문장은 정확성, 경제성, 동어 반복의 회피 등의 원리에 맞도록 써야 한다.

정확성

글은 문법에 맞도록 써야 한다. 문법에 맞는 정확한 글을 쓰려면 조사, 어미, 서술어, 시제 등의 형태와 구실에 유의해야 한다. 그래야 성분끼리 자연스럽게 호응되어 문장의 뜻이 분명해진다.

- 명제는 선수치고 공을 잘 찬다.
- 세화는 바야흐로 노래를 불렀다.
- 그는 나로 하여금 웃었다.

  이 문장은 모두 문법에 맞지 않는 비문들이다. "명제는 선수치고 공을 잘 못 찬다.", "세화는 바야흐로 노래를 부르려 한다.", "그는 나로 하여금 웃게 했다."로 각각 고쳐 옳다.

경제성

글은 필요한 단어를 필요한 만큼만 써서, 문장의 길이가 알맞도록
해야 한다. 불필요한 말을 장황하게 늘어놓으면, 글의 뜻이 모호하
게 된다. 다음 문장들을 서로 비교해 보자.

장황한 문장	간결한 문장
이 토의에 있어서 가장 중요하다고 볼 것은 세 가지 문제이다.	이 토의에서 가장 중요한 문제는 세 가지다.
내가 가려는 곳은 제주도인데, 서귀포이다.	내가 가려는 곳은 제주도 서귀포다.
나는 내가 그림을 그리고 있는 동안 한국 민속촌에 견학을 하러 갈 것이라는 것을 생각하고 있었다.	나는 그림을 그리면서 한국 민속촌에 견학 갈 생각을 했다.

왼쪽 글은 불필요하게 길어졌다. 오른쪽 글과 같이 간결하게
고치는 것이 좋겠다.

동어 반복의 회피

반복을 피할 수 없거나, 뜻을 강조하여 쓸 때가 아니고는 동일한 단
어나 구절, 조사, 어미 등을 되풀이하여 사용하지 않는 것이 글쓰기
의 기본 원리이다. 따라서, 반복할 필요가 없는 말은 뜻이 비슷하거
나 같은 다른 말로 바꾸어 쓰거나, 지시어 또는 접속어를 써서 반복
을 피해야 한다. 예를 들어 생각해 보자.

우리 나라는 삼면이 바다로 둘러싸여 있어 해산물이 많이 난다. 동해에서는 정어리, 오징어 등이 많이 나고, 남해에서는 멸치, 갈치 같은 생선은 물론, 김, 미역, 전복 등이 많이 나며, 서해에서는 조기가 많이 난다.

이 글에는 '많이 난다'가 반복되어 쓰였으므로, 다음과 같이 고쳐쓰는 것이 좋겠다.

우리 나라는 삼면이 바다로 둘러싸여 있어 해산물이 풍부하다. 동해에서는 정어리, 오징어 등이, 남해에서는 멸치, 갈치같은 물고기는 물론, 김, 미역, 전복 등이, 서해에서는 조기가 많이 난다.

또, 강조하려는 의도로 쓴 경우가 아니면, 조사나 어미의 반복을 피해야 한다. "어머니는 소풍 때 떡과 과자와 달걀과 사과를 싸 주셨다."는, "어머니는 소풍 때 떡이며 과자에 달걀과 사과까지 싸 주셨다."로 고치는 것이 좋다. 마찬가지로, "그는 어린이를 사랑했고, 우정을 귀하게 여겼고, 손윗사람에게 공손했다."는 "그는 어린이를 사랑했고, 우정을 귀하게 여겼으며, 손윗사람에게 공손했다."로 고치는 것이 바람직하다.

지시어나 접속어를 써서 불필요한 반복을 피하면, 글이 간결하면서도 뜻이 간명해진다. 예문을 보자.

인간은 자연에서 쓸모 있는 것을 얻어 내어 생산 활동이나 소비

활동에 이용한다. 이렇게, 인간 생활에 유용하게 이용되는 자연을 자원이라 한다. 그러나, 자연을 구성하는 많은 요소들에서 어떤 것이 유용한 것이고 어떤 것이 그렇지 못한 것인지는, 자연 그 자체보다는 그것을 이용하는 인간에 의하여 결정된다.

이 글에서 윗점 찍은 말들은 앞에 나온 말들을 반복하지 않으려고 쓴 것이다.

단어의 선택

단어는 그 기준에 따라 여러 갈래로 나뉜다. 표준어와 사투리, 일반어와 특수어, 고유어와 차용어 등이 그것이다.

설명문이나 논설문, 식사문이나 연설문과 같은 글은 표준어로 써야 하고, 시, 소설 등의 문예문은 경우에 따라 사투리를 써서 표현의 효과를 높일 수도 있다.

일반어는 상위 개념에 속한 단어이고, 특수어는 하위 개념에 속한 단어이다. 여컨대, '과일'은 일반어이고, '사과, 배, 감' 등은 특수어이다.

고유어는 '마음, 집, 나무' 같은 순 우리말을 뜻하고, '심정, 가옥, 썰매, 가방, 스포츠' 같은 외래어를 차용어라 한다. 어느 학자의 연구 결과를 보면, 고유어는 43퍼센트에 지나지 않으며, 차용어가 날로 늘어나고 있다고 한다. 물론, '지구촌'이라는 말이 생길 정도로 세계가 좁아지고, 문화 교류가 활발해지는 오늘날, 차용어가 늘어나는 것은 당연하다고 보겠다. 그러나 그럴수록 순수한 우리말을 지키며, 갈고 닦아 쓰려는 노력을 하는 것은, 우리 민족의 정체성을 밝히고, 나아가 세계의 문화를 풍부히 하는 데 이바지하는 일이 된다. 우리가 외래어를 분별없이 마구 써서 안 되는 이유가 여기에 있다.

단어 중에는 이 밖에도 속어, 비어, 은어, 유행어, 너무 자주 써서 케케묵은 느낌을 주는 상투어 등이 있다. 교도소를 '큰집', 돈을 '동그라미'라 하는 것은 속어이고, 입을 '주둥아리', 시골 사람을 '촌놈'이라 하는 등 점잖지 못하고 천한 말이 비어이며, 두목을 '왕초', 산삼 캐는 사람을 '심마니'라 하듯이, 특수 계층의 사람들끼리 쓰는 말이 은어이다. 또, 일정 기간 동안 신기한 느낌을 주며 여러 사람의 입에 오르내리는 말을 유행어라 한다. 유행어는 당시의 세상 형편을 잘 반영하는 거울 노릇을 하며, "억울하면 출세해라."와 같이 짧은 글의 형식으로 쓰이는 경우도 있다. 이런 말들은 설명문, 논설문 등에서 보기로 들거나, 문예문에서 표현의 효과를 높이기 위한 경우 외에는 쓰지 말아야 한다.

다음은 단어의 뜻에 대해 생각해 보자. 단어의 뜻은 우선 사전상의 뜻과 문맥 속의 뜻으로 나뉜다. 사전에는 여러 차원의 뜻이 갈래져서 풀이되어 있다. 그런데 이들 뜻은 단어가 문장 속에서 쓰일 때라야 제자리를 찾아 생명을 얻게 된다. 또, 단어의 뜻은 사회적으로 인정받아 모든 사람에게 같은 뜻으로 파악되는 개념적 의미와 그 속에 담겨 있는 연상의 내용인 함축적 의미로도 나누어 볼 수 있다. 예컨대, "이슬 젖은 눈망울에 햇살이 빛난다."에서, '이슬'의 문맥적 의미, 개념적 의미는 '눈물'이고, 함축적 의미는 '슬픔'이다.

그리고 단어는 뜻이 비슷한 말과 맞서는 말, 곧 동의어와 반의어로 나뉘기도 한다. 동의어와 반의어를 문맥 속에서 알맞게 활용하면 글의 표현 및 전달의 효과는 높아진다. 우리말은 한자어와 고유어 간에 이런 관계에 놓인 것이 많은데, 될 수 있으면 순 우리말을 쓰도록 힘써야 한다. 가령, '희귀하다'보다는 '드물다'를, '비범한'보다는 '뛰어난'을 쓰는 것이 좋을 때가 많다. 그러나 '탄로나다'와 '드러나다'는 뜻의 차이가 커서 그 쓰임이 대체로 다르다.

단락 쓰기
문장들의 집합체

●

단락은 하나의 완결된 생각

글쓰기의 기본 구조를 이해하기 위해서는 문단과 단락을 이해하여야 한다. 일반적으로 문단과 단락을 구분하는 경우도 있고 그렇지 않은 경우도 있다. 문단은 하나의 내용을 담고 있는 문장들의 집합이다. 문단은 글에서 하나로 묶을 수 있는 짤막한 단위로 여러 개의 문장들이 모여서 하나의 완결된 생각을 나타낸다.

문단은 먼저 자신이 쓰려고 하는 글의 내용이 무엇인지를 정하고 논리화하는 능력과 함께, 독자로 하여금 쉽게 글의 내용과 주제를 이해하게 만드는 능력과도 관계된다. 좋은 문단은 한 문단 내에서 내용이 바뀌지 않고 구성된 내용이 서로 유기적 관계를 이루어야 한다. 또한 완결성을 갖추고 있어야 한다. 하나의 중심 내용과 그것을 풀어 설명하는 부연 내용으로 구성되어 있다. 중심 내용을 구체화하고 풀어 설명하는 부연 내용이 적절하게 제시되어야 한다. 따라서 일관된 내용을 담고 있는 좋은 글을 쓰기 위해서는 문단 쓰기가 중요하다. 문단쓰기는 일관된 내용과 형식을 갖춘 글을 쓰기 위한 기초 작업이다.

단락은 일련의 문장들이 모여서 이루는 글의 구조적 단위이다. 단락은 한 덩어리의 생각을 나타내기 위해 내용상 밀접한 관계에 있는 문장들이 모인 것이다. 단락은 문장 측면에서 보면 문장과 문장의 상호관계를 나타내는 수단이고, 글 전체의 측면에서 보면 전체를 적당한 부분으로 분할하는 방법, 즉 주제를 뒷받침하는 논점이며, 재료를 배열하는 수단이다. 그러므로 한 단락을 이루는 몇 개의 문장들은 일정한 의미나 내용을 중심으로 유기적인 관련을 맺는다. 보통 한 편의 글은 몇 개의 단락이 모여서 이루어진다. 중심 내용이 들어 있는 단락과 이를 부연한 단락, 주장을 밝힌 단락과 이를 뒷받침하는 단락 혹은 앞의 내용들을 종합하여 결론을 내리고 있는 단락 등 모든 단락들은 서로 유기적으로 연결되어 있다. 그러므로 글 전체의 내용을 정확하게 이해하기 위해서는 각각의 단락 표현이 중요하다. 한 단락에 여러 가지 내용이 섞여 있거나 단락이 지나치게 길면 내용을 이해하기 어렵다. 한 단락에는 하나의 내용을 담고, 내용이 달라지면 줄을 바꿔 다른 단락으로 표현해야 의미 전달이 명확해진다. 단락은 내용이 달라질 때, 첫 줄의 맨 앞 칸을 비우고 쓰기 시작하여 다음 단락이 시작되기 전까지의 형식적인 문단이라 할 수 있다.

글은 여러 개의 단락으로 이루어져 있는데, 각 단락들은 전체 글의 주제를 부각시키는 역할을 한다. 단락은 여러 개의 문장으로 이루어져 있지만, 한 단락 내에서는 화제 혹은 소주제문에 집중되도록 해야 한다. 쉽게 말해 단락은 하나의 소주제문을 중심으로 일종의 집합을 형성하게 되는데, 이러한 문장들의 집합이 곧 단락이다.

　　문단은 문장들의 집합이고, 단락은 내용상으로 끊어지는 단위이다. 우리가 글을 쓰는 과정에서, 내용 일부를 새롭게 전환할 경우에는 다음 줄에 한 칸을 띄고 쓰기 시작한다. 단락을 나눈다는 것은 형식적 나누기로 이해하면 된다. 대개 글을 쓸 때 한 단락 안에 소주제와 뒷받침 문장이 있고 새로운 소주제를 시작해야 할 때 단락을 나누기 때문에 형식 단락과 내용 단락이 일치하는 경우가 많다. 그리고 문단 역시 단락과 비슷한 개념으로 내용 단락을 의미한다. 문단과 단락은 유사한 개념이라 할 수 있다.

1. 주요 단락 : 한 편의 글에서 필자의 핵심 사상을 담고 있는 단락

① 중심 단락

- 주제·논제가 제시된 단락.
- 각 단락의 소주제문 가운데 가장 핵심적인 정보를 가지고 있고, 포괄적인 성격의 단락이다. 주지 단락이라고도 한다.

② 결말 단락 : 주제를 요약·강조하고, 의견 및 비판 등이 제시된다.

2. 보조 단락 : 주지 단락을 뒷받침하는 단락

① 도입 단락 : 글을 시작하기 위하여 글을 쓰는 동기나 목적, 과제 등을 제시하여 독자의 흥미와 관심을 유도하기 위한 단락이다.

② 상술 단락 : 추상적, 일반적 주제를 구체화하는 단락으로, 대상에 대해 자세히 설명을 하거나 논리적 근거를 드는 경우가 대부분이다.

③ 예시(예증) 단락 : 구체화의 방법으로 주제를 뒷받침 할 수 있는 예를 들어서 설명하거나 논증하는 단락이다.

④ 부연(보충) 단락 : 앞 단락에서 빠진 부분을 보충하거나 반복하는 단락이다. 앞 단락과 항상 하나로 묶이고 생략이 가능하다.

단락 구성은 글 전개에 따르자

글을 구성하는 요소는 크게 세 가지로 나눈다. 어휘와 문장, 단락이다. 어휘는 단어의 뜻과 개념을 담아내는 최소 단위로 단어와 관용구를 포함한다. 문장은 생각을 담아내는 기본 단위로 어휘와 숙어가 모여 이루어진다. 단락은 생각과 의미 덩어리로 한 문장 이상이 모여 구성된다. 글을 잘 쓰기 위해서는 어휘, 문장, 단락에 관한 지식과 기술을 익혀야 한다. 하지만 어휘와 문장은 크게 보면 단락에 포함되므로, 글쓰기는 결국 단락을 구성하는 능력에 의해 좌우된다. 그렇다면 단락은 어떤 원칙과 방법으로 구성하고 작성해야 할까?

단락의 핵심은 주제문이다. 좋은 주제문은 중심 생각을 분명하게 전달해야 설득력을 갖는다. 이를 위해 한 문단에는 하나의 중심 생각과 그것을 뒷받침하는 여러 개의 문장으로 구성된다. 단락을 구성할 때는 각 단락의 중심 내용이나 소주제를 뒷받침할 수 있는 합당한 근거를 제시해야 한다. 즉, '단락 = 소주제문 + 뒷받침 문장 + 뒷받침 문장'이다. 모든 단락에는 소주제가 있게 마련인데, 그 외의 문장은 결국 소주제문을 전개하는 데 필요한 보조적 문장이다.

소주제문의 위치 관계에 따라 단락을 몇 가지 형식으로 구분하게 된다. 핵심 주장을 앞에 놓고 그 다음에 근거를 제시하느냐, 근거를 제시한 뒤 핵심 주장이나 생각을 밝히느냐에 따라 두괄식, 미괄식으로 나뉘며, 이 둘을 합친 것이 양괄식이다.

두괄식 단락은 의미 파악이 빠르다.

두괄식 단락은 실용문과 논설문, 설명문에 많이 쓰인다. 모든 글에 있어 자신의 의사를 가장 간결하고 힘 있게 전달하는 형식이기 때문이다. 두괄식 단락은 단락 앞부분에 먼저 소주제문을 제시하고 이어서 여러 문장들을 통하여 그것을 서술, 전개해 나가는 방식이다. 전체 내용을 요약한 소주제문이 맨 앞에 제시되기 때문에 의미가 정확하게 전달된다. 예를 들어 나눔에 관한 글을 쓸 때, '나눔을 실천하는 것은 아름답다'라고 먼저 서술한 뒤 왜 아름다운지를 설명하면 글의 요지를 명쾌하게 드러낼 수 있다. 즉, 글 요지를 첫머리에서 파악할 수 있어서 글 쓰는 사람이나 독자들이 내용 파악하기가 쉽다. 또한 두괄식은 소주제문을 앞에 두기 때문에 글을 전개하기가 용이하다는 장점이 있다.

미괄식 단락은 흥미를 유발한다.

미괄식 단락은 먼저 일반적인 내용들을 서술하다가 그와 연관된 소주제문을 결론으로 제시하는 방식이다. 소주제문의 위치로만 보면 두괄식과는 반대의 짜임새이다. 미괄식 단락은 소주제문을 이끌어 내는 과정을 점층적으로 거친 다음, 마지막에 소주제를 극적으로 드러내는 효과가 있어서 흥미를 유발하는 글에 많이 쓰인다.

미괄식 단락 쓰기는 뒷받침 문장들을 먼저 서술하고 마지막에 소주제문을 쓰는 경우가 있다. 혹은 미괄식 단락이 두괄식 단락의 반대 짜임새이므로 두괄식 단락 쓰기와 같은 요령으로 할 수가 있다. 즉, 소주제문을 가상으로 펼쳐 놓고 그것을 두괄식으로 뒷받침하여

전개한 다음에 동일한 소주제문을 마지막에 제시하면서 앞의 가상적
인 소주제문을 지우는 것이다.

미괄식 단락 = 뒷받침문장들 + 소주제문

　　2015년 12월 28일, 한국과 일본은 외교장관회담을 통해 일본군 '위
안부'문제를 합의하였다. 그러나 곳곳에서 협상 결과를 비난하였고, 피
해 할머니들 역시 강한 불만을 나타냈다. 피해 할머니들은 일본으로부
터 '공식적인 사과'를 받지 못한 것과 '법적 배상'이 아닌 보상 문제에 대
해 분노하였다. 당시 피해 할머니들이 중요하게 여긴 것은 '권리'문제
였다. 권리는 어떤 일을 주체적으로 자유롭게 처리하거나 타인에 대하
여 당연히 주장하고 요구할 수 있는 자격이나 힘을 말한다. '보상'은 국
가 또는 공공 단체가 적법한 행위에 의하여 국민이나 주민에게 가한 재
산상의 손해나 손실을 보충하기 위하여 제공하는 대가다. 즉, 남에게
끼친 손해나 손실에 대한 대가를 지불하는 것이다. 반면, '배상'은 남의
권리를 침해한 사람이 그 손해를 물어 주는 것이다. 그러므로 일제 강
점기 일본에 의해 강제로 '권리'를 침해당한 '위안부'피해 할머니들의
분노와 '법적 배상'요구는 당연한 것이다.

양괄식 단락은 주장을 강조한다.

　　양괄식 단락은 두괄식과 미괄식을 혼합한 형식으로, 글의 앞부
분과 뒷부분에서 반복해 자신의 핵심 주장과 생각을 밝히는 방식이
다. 두괄식에서처럼 단락의 앞부분에 소주제문을 제시하고 이어서
여러 문장들을 전개시켜 나간 후 마지막에 소주제문을 다시 한 번 제
시한다. 중심 문장의 반복을 통해 그 내용을 독자에게 명확하게 인식
시킬 수 있는 장점이 있다. 주제를 분명히 밝히고 강조하려고 할 때

많이 쓰인다. 단락의 중심 문장이 글 전체의 주제를 이해하는 데 중요한 구실을 하고 있을 때도 양괄식 단락이 유용하다. 물론 양괄식 단락은 내용이 반복되는 데서 오는 지루함을 유발할 수 있다. 따라서 끝부분의 중심 문장을 앞부분의 중심 문장과 똑같지 않도록 주의해야 한다. 표현 방법을 조금 달리하거나 의미가 크게 차이 나지 않는 선에서 내용을 조금 발전시키는 것이 필요하다.

양괄식 단락 = 소주제문 + 뒷받침문장들 + 소주제문

우리나라 사람들은 흔히 '학문' 하면 '어렵다'고 말한다. 만약 누가 학문을 쉽다고 말하기라도 한다면 큰일이라도 날듯이 자못 진지한 표정과 목소리들로 '학문은 어려운 것이다'라고 말한다. '학문' 하면 '어렵다'고 말하는 것, 그것은 우리나라에서는 신중한 처사다. 그렇게 말하지 않고 달리 말하면 자칫 불필요한 오해를 살 수도 있다. 우리나라 사람들은 '학문은 어렵다'는 말에 최면이 걸려 있는 듯하다.

그 외에 중괄식 단락과 무괄식 단락이 있다. 중괄식 단락은 소주제문을 단락의 중간 정도에 두고 앞부분에는 유도하는 문장을, 그리고 뒷부분에 다시 전개하는 문장을 두는 방식이다. 쓰기에는 편리하나 독자에게 소주제문이 뚜렷이 부각되지 않는 단점이 있다. 무괄식 단락은 소주제를 갖고 있는 단락이지만, 소주제문은 직접 표현하지 않고 단지 뒷받침 문장들만을 늘어놓음으로써 숨겨진 소주제를 유추하도록 하는 방식이다. 객관적인 사실의 기술이나 묘사문, 서사문 등에 주로 쓰인다.

분노조절 장애를 앓고 있는
대한민국

요즘 한국은 분노 잉여 사회에 가깝다. 특정한 이슈가 부각되면, 많은 이가 그 이슈의 속내를 들여다보기보다는 불만을 토로하기에 바쁘다. 아니 불만을 넘어서 분노를 표출한다는 표현이 더 어울릴지도 모른다. 특히 강자가 약자에게 부적절한 방식으로 권위를 세우는 '갑의 횡포'를 만나게 되면 이러한 갈등과 분노는 극에 달하게 된다. 혹자들은 이를 여론이라는 이름으로 미화하기도 한다. 감정의 과잉 표출이 지극히 당연하다고 정당화시키면서 말이다.

모바일 환경의 대중화라는 기술적 진화로 인해 누구나 글을 쓰고 자신의 의견을 표출할 수 있는 기회를 얻게 됐다. 진위 여부에 관계없이 누구나 글을 쓰고, 특정인을 비난할 수도 있게 된 시대가 열린 것이다. 덩달아 갈등이 걷잡을 수 없이 빠르게 확산되는 구조가 자리 잡았다. 수많은 사회적 관계망 서비스(SNS), 웹사이트 게시판, 기사의 댓글 등에서 여론이 형성되고 과잉된 감정들이 확산되고 있다. 이렇게 사이버 세계에서 인기를 끌고 여기저기 퍼져 나가는 정보의 대부분은 남을 비난하는 내용이다. 과연 이러한 분노 표출을 사회적으로 어떻게 받아들여야 할까? 이를 위해 그 의미를 잘 헤아려보는 것이 필요하다. 분노라는 것은 분개하며 몹시 성을 낸다는 의미다. 여기에는 공격성이 담겨 있다. 또한 공격의 대상도 필요하다. 그 효과는 분명하다. 감정을 표출하는 사람들은 카타르시스를 느낄 수밖에 없다.

하지만 받는 대상은 어떠한가? 극심한 스트레스와 모멸감까지 느끼게 된다. 게다가 이러한 과정에서 상황의 본질은 의미를 잃는다. 왜 분노의 대상이 되었는지, 애당초 무엇 때문에 본인들이 날 선 비난을 감내해야 하는지 모르는 아이러니한 상황이 펼쳐지는 것이다. 비정상적인 권력에 의해 가해자와 피해자가 뒤바뀌는 상황이 발생하는 것이다. 따라서 이러한 감정의 과잉은 표출한다고 해서 해결되는 것이 아니다. 오히려 분노는 더 큰 분노로 귀결되고, 이는 사회 발전을 저해하는 부작용을 낳게 된다. 최근 분노의 대상이 됐던 조현아 전 부사장, 백화점 주차장 모녀 등의 사례를 지켜보자. 잘못은 저질렀다고 하지만 그들 모두 언론과 여론으로부터 과도한 비난을 받았다는 점은 부인하기 어렵다. 특히 조현아 전 부사장 사건의 경우 사회적 파장은 매우 컸다. 하지만 상황이 전개됨에 따라 개인의 사생활이 낱낱이 공개됐고, 네티즌들의 비난이 더해지며 여과 없이 확산됐고, 예능프로에서까지 패러디되는 마녀사냥식 여론몰이가 벌어졌다. 기본적인 인권도 보호받지 못한 상황에서 앞으로의 삶을 살며 감내하기 힘들 정도의 개인적인 모욕과 질타를 고스란히 받았다는 것이다.

과연 이러한 여론몰이식의 분노 표출이 무엇을 바꿨는가? 또한 이것이 성숙한 사회로의 발전에 도움이 되었을까? 단기적으로 계도의 효과가 있을지는 몰라도 궁극적으로는 또 다른 피해자만 양산해낸 꼴이 됐다. 이러한 문제가 발생하는 이유는 사회의 시스템이다. 분노를 표출하기만 하고 수렴할 수 없도록 만들어져 있다. 분노를 다스리고 억제할 수 있는 시스템 마련이 시급하다. 물론 여기에는 사회 구성원들이 냉정함을 찾는 것이 선행되어야 한다. 언론도 마찬가지다. 이성을 잃은 여론을 제자리로 돌리는 자정의 역할이 바로 언론의 할 일이다. 보다 차갑게 사태를 주시하고 합리적인 대책을 마련해내는 동인動因을 이끌어내야 한다.

작금의 시대가 가지는 갈등 구조를 해결하기 위해서는 갈등의 시발점보다는 왜곡된 확산을 막는 데 방점을 두어야 한다. 누구나 어디서나 쉽게 의견을 표출할 수 있는 시스템이 갖춰져 있는 상태에서 갈등이 어떻게 시작되는지를 세세하게 분석할 수도 없고, 이를 방지해낼 대책도 없기 때문이다. 따라서 확산의 통로인 언론의 역할이 더욱 중요해진다.

여론은 '사회 대중의 공통된 의견'이라는 뜻을 품고 있다. 여론은 사회가 잘못된 방향으로 움직이고 있을 때 완충하고 방향을 전환시키는 역할을 한다. 이렇듯 여론이 제대로 된 방향을 잡아주기 위해서는 분노 조절을 해야 한다. 상황을 냉정하고도 객관적으로 바라보아야 한다.

어느 순간부터 우리는 너무나 당연하게 분노를 표출하게 됐다. 특히 모바일·SNS를 통해 상황도 내용도 제대로 모른 채 부지불식간에 인민재판식 분노 표출에 동참하게 된다. 이런 폐해를 막으려면 사회적 갈등을 공론화하는 방식을 바꿔야 한다. 감정을 부추기기보다 사람과 시스템이 어우러져 따스함을 보여주는 쪽으로 옮겨가야 할 것이다. 그래야 과열된 분노 과잉의 사회도 안정을 찾을 수 있다. 건전한 갈등은 사회를 올바른 방향으로 이끄는 동인이 된다. 하지만 갈등을 넘어 분노로 이어지면 이는 사회의 독毒이 된다. 죄는 미워하되 사람은 미워하지 말라는 말이 있다. 관용으로 분노를 보듬는 관대함은 오히려 또 다른 카타르시스를 느끼게 해줄 수 있을 것이다.

－조성환, 〈중앙일보〉, 2015.3.2.

단락 구성의 기본을 지키자

한 단락은 보통 소주제문과 그것을 뒷받침해 주는 문장으로 구성된다. 소주제문은 글의 주제와 관련된 중심 문장으로, 간결하고 확실하게 표현되어야 한다. 뒷받침 문장은 소주제문과 관련된 내용으로 소주제문을 충분히 발전·전개시킨 것이어야 한다. 일반적으로 단락 구성의 원리로는 통일성, 일관성, 완결성을 든다.

첫째, 통일성은 한 단락 안에서 이루어지는 화제話題가 하나여야 한다는 원칙이다. 모든 언급들이 화제를 이루는 주제로 모아져야 한다. 단락의 기본 화제와 무관하여 단락의 통일성을 해치는 불필요한 부분은 과감히 삭제해야 한다.

통일성을 이룬 단락의 예

전통은 항상 변하며, 사회의 발전과 더불어 발전해 나간다. 예컨대 공자, 맹자, 주자의 사상은 모두 유교 사상이지만, 이 세 사람의 사상은 차이가 많은데, 이것은 유교 사상이 시대에 따라 변해 왔기 때문이다. 전국 시대에 태어난 맹자는 춘추 시대에 살았던 공자의 사상을 그의 시대에 맞게 발전시켰고, 주자 시대에는 불교의 영향을 받아서 유교가 커다란 변화를 겪었다. 이것은 불교나 기독교에서도 마찬가지다.

연습1) 다음 글이 어떻게 통일성을 잃게 되었는지 설명하라.
㉠문화는 인간의 정신적 활동이다. ㉡인간은 문화생활을 하며 인간다운 삶을 살아간다. ㉢후진국보다는 선진국에서 문화 활동이 활발하다. ㉣후진국일수록 소득의 대부분이 의식주 생활에 머물기 때문이다. ㉤사회가 발전하고 과학이 발전함에 따라 우리가 즐길 수 있는 문화의 폭은 더 늘어나고 있다.

→ ⓛ에서 ⓒ으로 넘어가는 것이 논리적으로 자연스럽지 못하다. 즉, ⓒ은 ⓐ, ⓛ와는 전혀 다른 내용인데 갑자기 제기되었다. ⓔ에서 ⓜ로 넘어가는 경우도 마찬가지다. 전체적으로 문장 간 논리적 연결이 자연스럽지 못해 통일성을 해치고 있다.

연습2) 다음 글이 어떻게 통일성을 잃게 되었는가를 설명하라.
ⓐ문화는 그 사회의 모습이다. ⓛ그 사회만의 독특한 정신인 것이다. ⓒ따라서 우리는 문화를 통해서 한 사회의 과거와 미래를 어느 정도 짐작할 수 있다. ⓔ그런데 요즘 들어 우리 사회에서는 외래문화가 대단히 유행하고 있다. ⓜ우리는 외래문화를 받아들이기 전에 우리의 전통 문화에 대한 확고한 인식을 가져야 한다.
→ ⓛ과 ⓒ은 전제와 결론의 관계인데, ⓛ에서 어떻게 ⓒ이 유도될 수 있는지가 명확하지 않다. ⓒ을 유도하기 위해서는 앞에서 더 많은 전제가 필요하다. ⓔ의 화제 전환('그런데')도 논리적이지 못하다. 전체적으로 한 단락 내에 너무 많은 생각이 논리적 연관이 없이 나열되어 있어 통일성을 해치고 있다.

연습3) 글의 통일성은 '초점의 혼란'을 통해서도 발생한다. 다음은 초점상 잘못이 있어 의미 전달이 모호하게 된 예이다.
춘원의 소설과 빙허의 소설은 대조적이다. 첫째, 전자는 대부분 행복한 결말로 끝나는 데 반하여, 후자는 대체로 불행한 결말로 끝난다. 둘째, 전자가 낭만적인 데 반하여, 후자는 사실적이다. 셋째, 전자는 현실이 서사적 자아보다 더 우위에 있는 데 반하여, 후자는 자아가 현실보다 더 우위에 있다. 넷째, 그러나 전자와 후자는 다같이 그 기교면에서 신소설보다는 앞서 있고 오늘날의 소설보다는 뒤지고 있다.

→ 이 단락의 논점은 춘원과 빙허의 소설을 '대조'하는 것이다. 첫째와 둘째, 셋째는 모두 '…인 데 반해'라는 식의 대조 설명 방식을 택하고 있어 논점과 부합된다. 그런데 넷째의 경우, '다같이'라고 하여 대조가 아니라 양자의 일반적 공통점을 서술하고 있고, 나아가 그 공통점을 신소설이나 현대 소설과 대조함으로써 논점을 이탈하고 있다.

둘째, 일관성(긴밀성)은 단락을 이루는 여러 문장들이 긴밀한 결합력을 갖고 있어야 한다는 것이다. 아울러 한 단락은 같은 문장 속의 다른 단락들과도 긴밀하게 연관되어야 한다. 단락 내부의 여러 문들은 한 단락을 지배하는 일관된 질서에 따라 유기적 연관을 가져야 하기 때문이다. 하나의 단락은 문의 무의미한 혼합이 아니라 문의 일관성 있는 집합이어야 한다.

연습) 다음 글이 어떻게 일관성을 잃게 되었는지 설명하라.
㉠발음 나는 대로 이름을 붙인 상품은 어린이들의 언어를 혼동시킨다. ㉡또 정서 순화에도 나쁜 영향을 끼친다. ㉢잘못하면 사대주의에 찌들게 한다.
→ ㉠이 단락의 논점이므로 나머지 문장들은 모두 ㉡과 같은 내용 혹은 ㉠을 뒷받침해 주는 내용이어야 한다. 즉, ㉡와 ㉢은 ㉠을 논증하는 내용이 되어야 한다. 그런데 ㉡와 ㉢은 ㉠과는 또 다른 문제를 아무 근거 없이 제시하고 있다. 더구나 ㉡과 ㉢은 ㉠의 생각을 토대로 지나치게 비약하고 있다.

셋째, 완결성은 하나의 단락이 소주제문과 뒷받침 문장으로 완성된다는 것이다. 소주제문이란 중심 사상이 제시 또는 내포된 문이다. 뒷받침 문장은 중심 사상의 내용을 뒷받침할 근거가 되는 예증, 인용, 해명(풀이) 등의 문장이다. 전자가 대체로 일반적 진술이라면 후자는 특수 진술이다.

완결성이 확보된 단락의 예

대학에서 교수가 학생에게 존경받지 못하는 현실을 보면 참으로 가슴 아프다. 학생의 잘못을 타일렀다가 망신당하는 교수도 있다. 캠퍼스에서 난잡한 행동을 지적하는 교수에게 "아저씨 몰랐어."라고 하거나 만취 행패를 나무라는 교수에게 "교수면 다냐."며 주먹질하는 것은 참으로 서글픈 일이다. 학생이 노교수의 옷자락을 스치거나 부딪치며 앞을 가로막고 걷는 일, 좁은 출입구에서 노교수와 정면으로 마주치면서 양보할 줄 모르는 학생들의 무례는 가슴 답답하다.

연습1) 다음 글이 어떻게 완결성을 잃게 되었는지를 설명하라.
㉠우리는 문화적으로 일본에 종속될 것이다. ㉡언젠가 또다시 일본의 식민지가 된다는 얘기다. ㉢나라가 망하게 된다. ㉣일본 문화가 우리나라에 퍼지면 안 된다. ㉤일본 사람들은 아주 지독한 사람들이다.
　→ ㉠이 단락의 주제 문장이다. 그러므로 나머지 문장들은 그것을 뒷받침해 주어야 한다. ㉡은 그런대로 인정할 수 있으나 ㉢부터는 예시들을 동원해 앞의 내용을 논증해야 하는데 감정적인 주장만 나열되고 있어 단락의 완결성을 해치고 있다. 즉 근거가 제시되어야 할 곳에 주장만 난무하고 있는 것이다. 더구나 ㉤은 이 단락이 요구하는 논점을 완전히 벗어나고 있다.

좋은 글의 요건은 글쓴이가 전달하려는 핵심이 잘 드러나는 것이 가장 중요하다. 이를 위해서는 단락을 체계 있게 전개해야 한다. 한 단락에는 한 가지 중심생각을 담고, 앞 뒤 단락을 논리적으로 연결해야 한다. 통일성, 일관성, 완결성 등의 기본 원리를 갖추고 단락 쓰기를 수행하였을 때 글의 주제가 선명해진다.

단락 구성은 그 내용뿐 아니라 형식도 고려해야 한다. 사고의 깊이가 없다거나 사고 전개가 혼란스럽다면 단락의 내용은 말할 것도 없고 구성 역시 혼란스러워진다. 단락 구성이 잘되었다는 것은 자신이 말하고자 하는 내용을 충분히 장악하였을 뿐만 아니라 그것을 전달하는 효과적인 방법도 이해하고 있다는 것을 의미한다.

먼저, 단락의 수에 따라 단락 구성이 달라진다. 가령, 1200자 정도의 글은 보통 5개 전후의 단락으로 구성한다. 1000자 정도의 글은 보통 4개 전후의 단락으로 구성하는 것이 좋다. 그보다 작은 700~800자 정도의 글은 3개 정도의 단락 구성이 적절하다. 서론, 결론은 한 단락으로 구성하는 것이 적당하다.

다음으로, 단락 간의 균형도 고려해야 한다. 즉, 분량, 구성, 체제, 서술 형식상의 균형을 유지해야 한다. 단락 간의 논리적 연결도 빼놓을 수 없다. 본문의 구성에서 논거들이 나열, 제시되는 경우 기계적으로 '첫째, 둘째, 셋째……' 식으로 하지 말고 '먼저, 다음으로, 무엇보다 중요한 것은, 마지막으로, 한 가지 더 덧붙이고자 하는 것은……' 등으로 변화를 주자. 그러면 글이 살아있는 듯한 인상을 주게 될 뿐만 아니라 논거들 사이의 층위가 구별되어 사고의 변화 발전을 보여줄 수 있을 것이다.

단락 구성의 점검과 유의 사항

단락을 구성한 다음, 글 전체를 검토해 보는 단계가 필요하다. 이는 전체 구조와 단락 내 구조로 나눠볼 수 있다.

먼저, 전체 구조 측면에서 살펴보자. 적합한 도입과 구체적인 본론, 핵심을 강조하는 결론 부분을 포함하는가? 본론의 각 단락이 논제와 긴밀하게 관련되었는가? 각 단락이 논리적 구조로 구성되었는가? 전체 글의 흐름에 불필요한 단락은 없는가? 등을 중심으로 면밀히 보자.

다음으로, 단락 내 구조 측면에서는, 각 단락의 요지를 명확하게 표현하는 주제문이 있는가? 각 단락이 하나의 주요한 논지와 연결되어 있는가? 각 단락에서 관계가 없는 문장은 없는가? 등을 살펴 단락 구성을 점검하는 것이 바람직하다.

단락 쓰기의 예시와 유의 사항을 제시하면 다음과 같다.

서론 쓰기

(1) 주제나 결론을 미리 내세우거나 암시하는 것으로 시작하는 경우이다.

① 논지를 분명히 하기 위해 처음부터 자기주장을 단도직입적으로 분명하게 제시하는 경우이다.

(예) 선도 기능을 포기하는 사형제도는 폐지되어야 한다.

② 자기주장을 대답으로 이끌어낼 수 있는 질문을 의문형으로 제시하는 경우이다.

(예) 자기의 가치관이나 감정 등에서 완전히 자유로운 순수

(2) 속담, 경구, 일화, 보도 자료, 역사적 사실, 통계 자료 등을 인
용하여 시작하는 경우이다.

　(예) 그 나라의 미래를 보려면 학교에 가 보라는 말이 있듯이, 미
　　　래를 위해 세계 여러 나라에서는 자라나는 청소년에게 막대
　　　한 투자를 하고 있다.

(3) 숙어나 고사성어를 풀이하면서 시작하는 경우이다.

　(예) 각인각색各人各色이란 말은 저마다 생각이 다르다는 말이다.

(4) 특정 시사적인 사건으로 시작하는 경우다.

　(예) 정부는 최근 적폐 청산의 일환으로 국사 교과서 국정화 정
　　　책을 전면 폐지하기로 결정하였다.

(5) 개념을 정의하는 경우다. - 논의할 개념이 생소한 것이거나,
글을 쓰는 사람이 자기 주장을 설득력 있게 하기 위해 나름
대로 새롭게 정의할 필요가 있을 경우이다. 이 경우는 용어
의 오해로 생기는 논쟁이나 혼란을 피하기 위해서 좋다.

　(예) 인간은 이성을 가진 동물이다. 그러나 예부터 내려온 이 같
　　　은 신뢰가 날이 갈수록 퇴색하고 있다.

(6) 반론 등 문제를 제기하는 것으로 시작하는 경우다. 일반화
된 견해에 대해 문제제기하며 시작하는 방법이다.

　(예) 흔히 님비즘은 타기해야 할 비도덕적, 반윤리적 태도라고
　　　한다. 그러나 님비즘이 그렇게 부정적인 뜻만 지니고 있는
　　　것은 아니다.

다음과 같은 경우는 바람직하지 못한 서두이다. 추상적, 관념적, 광범위하고 비현실적인 접근, 장황한 서술 등은 좋지 않다.

① 상식에 불과한 진부한 인생론
② 주어진 문제에 대한 불평
 (아는 것은 없지만, 평소 관심을 두지 않아서, 잘 모르겠지만, 아는 대로 쓰자면, 단견인지 몰라도, 생각해 본 적이 없어서, 깊은 내막을 모르기 때문에, 의견을 서술하라니까 할 수 없이, 부족한 점이 많아서, 못 쓰는 글이지만, 짧은 소견으로 보면 등등)
③ 자기 식으로 접근
 (청소년 문화 공간에 대해서 언급하라고 하지만, 청소년 문화 공간이 있어야 무엇을 비판하든지 칭찬하든지 할 것이다. 그래서 문화 공간이 아무것도 없는 실정에 나는 청소년들이 문화 공간이라고 일컫는 공간에 대해서 얘기해 보겠다.)
④ 개인적 변명
⑤ 호언장담, 허풍
⑥ 사전이나 권위자의 말에만 매달리는 태도

본론 쓰기

① 본론은 서론에서 제시한 과제를 해명하는 자리로 논의를 구체화해야 한다. 본론은 서론에서 제시한 자신의 주장을 타당성 있게 입증하는 글들로 구성되어야 한다.

② 본론의 핵심은 논거의 제시로, 논거는 물론 객관 타당한 것을 논리적으로 제시해야 한다. 그리고 논거를 풍부하게 제시하는 것이 좋다. 단, 제한된 분량에서 모든 논거를 다 제시할 수는 없다. 개요 작성 시 다양한 논거를 생각해 두되, 가장 중요

하다고 생각되는 두 세 개 정도만 본론 논거로 제시하는 것이
좋다. 그리고 나머지는 버리는 것이 아니라 본론 시작이나 본
론 끝에 두는 것이 좋다.

③ 본론은 서론의 문제 제기와 무관한 내용을 전개해서는 안 된
다. 일관된 구성이 요구된다는 뜻이다. 그래야 주제가 명료
하게 드러난다. 그렇지 못하면 논점이 이탈되어 문제가 심각
하다.

④ 논거 제시가 없고 막연한 단정이나 당위적 주장만 제시해서
는 절대 안 된다. 글의 생명은 논거의 제시에 있다.

⑤ 분명한 입장을 유지해야 한다. 본론 내용 전개에서 찬반이 분
명하지 않거나 혼란되어 있으면 안 된다. 모든 글에서 모호한
입장이나 안이한 절충은 좋지 않다.

결론 쓰기

① 결론에 들어가는 내용은 기본적으로 지금까지의 서술을 요
약·정리하고 자기주장이나 입장을 재확인하고, 강조하는 것
이다. 그러기 위해서는 먼저 서론의 문제 제기를 다시 한번
정독해야 한다. 그래야 일관성 있는 글이 된다. 그리고 요약·
정리를 할 때에도 본론에서의 내용과 같더라도 서술방식을
좀 다르게 하는 것이 좋다. 그래야 동어 반복의 느낌을 주지
않는다.

② 요약·정리만으로는 좀 빈약한 결론이 되기 십상인 마지막 부
분에 전망이나 우려, 나아가 제안 등을 간략하게 삽입하는 것

이 좋다. 그러나 주의할 것은 그 삽입이 간략하게(주로 한두 문장 정도) 이루어지지 않으면, 문제가 새롭게 제기되어 결론의 역할을 할 수 없게 된다. 반드시 논점이 이탈되지 않는 범위 내에서만 해야 한다는 것을 명심하라.

③ 본론 전개와 별 상관없는, 아주 상식적이고 일반적인 결론을 써서는 안 된다. 특히 결론에서 마지막 부분의 문장들을 빼도 좋다면 빼버려라. 본론 논지 전개에서 비약하여 도덕적으로 서술하기 쉬운 곳이 대부분 끝 몇 줄이다. 그런 것들은 멋있게 결론 지으려고 하는 심리에서 나오거나, 글을 썼다는 안도감으로 긴장이 풀리면서 나타나거나, 본론의 내용이 빈약하다고 판단하여 그것을 만회해 보겠다는 생각에서 나타난다. 한마디 해 보겠다는 태도는 좋으나 그것은 어디까지나 본론 전개에서 이루어져야 한다.

④ 객관성을 무시하는 어휘 사용은 하지 말라. 여하튼, 가부간에, 아무튼, 좌우지간, 하여간 따위의 어휘는 논리가 필요한 글에서 자신의 논리를 스스로 무너뜨리는 말들이다. 결론에 이런 어휘를 사용하는 것은 치명적이다.

⑤ 결론을 쓰다가 갑자기 좋은 글감이 떠오르면, 본론에 들어갈 내용인데도 덧붙이는 사람이 있다. 아깝더라도 쓰지 말자. 끝날 듯하더니 다시 원점으로 돌아가는 인상을 주어 사고의 깊이가 얕거나 요령이 부족한 사람처럼 보인다. 특히 명확한 인상을 주지 못한다. 결론의 생명은 간결, 명확함이다.

단락 쓰기

문장이 모여서 통일된 한 가지 생각을 이루는 글의 덩어리를 단락이라 한다. 단락은 둘 이상의 문장이 모여서 이루어지는 것이 보통이지만, 특별히 어느 부분을 강조하기 위하여 한 문장을 한 단락으로 독립시키는 수도 있다.

단락을 쓸 때에는 다음 몇 가지 원리에 유의해야 한다.

통일된 주제

한 단락의 모든 화제는 한 주제에 수렴되어야 한다.

다음 글을 읽어 보자.

어느 시대든지 당시의 청소년들이 본받고 실행하기를 기대하고 가르쳐야 할 중점적인 덕목이 있게 마련이다.

이 시대에 우리 청소년에게 중요한 것은 어려움을 이겨내는 슬기와, 그 속에서 겪는 고통과 땀의 의미를 터득하는 것이다. 왜냐하면, 사람은 어려서부터 노력의 고통과 기쁨을 맛보아 가며 성장해야 커서도 땀 흘려 일하고, 땀 흘러 일하는 사람을 우러러보며, 노력의 가치를 존중할 줄 알게 되기 때문이다.

지금 우리 사회가 요구하는 것은 성실하고 인내심 있는 일꾼이다. 어려운 일을 도전적인 자세로 꾸준히 해결해 나가는, 진취적이고 끈기 있는 사람이 필요한 것이다. (노력은 하지 않고 좋은 견과만을 기다리는 청소년은 어느 곳에서도 환영받지 못한다.) 우리 사회는 이러한 청소년들이 고통과 땀의 의미를 깨치고 거듭나는 사람이 되기를 고대하고 있다.

우리 청소년 모두는 각자의 직분을 소중히 여기면서 끈기 있게 노력하여,

기쁨의 열매를 거두는 성실한 일꾼으로 자라나야 할 것이다.

이것은 '오늘날 우리 청소년이 실행해야 할 덕목'에 대하여 쓴 글이다. 첫 단락은 머리글로서, 어느 시대에나 청소년에게 필요한 덕목이 있음을 밝혔다. 둘째 단락은 '청소년이 터득해야 할 고통과 땀의 의미'를, 셋째 단락은 '사회가 바라는 성실하고 인내심 있는 일꾼'을 말하고 있다. 넷째 단락은 마무리 글이다. 각 단락은 각각 한 가지 주제에 수렴되는 문장들로 이루어져 있고, 글 전체의 주제와 통일성을 이루고 있다.

완결된 진술

한 단락의 내용은 원칙적으로 주제문과 뒷받침 문장이 모여서 완전해진다. 단락의 이러한 성질을 완결성이라 한다. 주제문은 추상적, 일반적 진술의 형식을 취하며, 뒷받침 문장은 특수 진술, 구체적 진술로 이루어진다.

위의 글에서 둘째 단락을 다시 읽어 보자.

이 단락에서 '왜냐하면' 앞의 문장은 주제문, 그 이하는 뒷받침 문장이다. 뒷받침 문장에는 특수 진술로서 구체화나 상세화, 예시, 인용, 이유 제시 등의 방법이 동원되는데, 여기서는 이유 제시의 방법이 사용되었다. 이런 경우, '왜냐하면'은 생략해도 무방할 때가 많다.

자연스러운 결합

한 단락의 여러 문장은 서로 자연스럽게 연결되어야 한다.

위의 글에서 셋째 단락을 자세히 읽어 보자.

이 한 단락의 글에서 괄호 속의 문장을 빼 버리면, 글의 맥락이 통하지 않게 된다. 따라서, 글을 쓸 때에는 통일된 주제를 일관성 있게 진술하는 데 필요한 문장만을 골라서 단락을 짜야 한다.

여기서 살펴본 단락의 원리는, 단락 쓰기뿐 아니라 단락과 단락 사이, 한 편의 글 전체에 모두 적용되는 글쓰기의 기본 원리이다. 요컨대, 문장이 모여 단락이 되고, 단락이 모여서는 한 편의 완성된 글이 된다. 아무렇게나 모인 단락이 한 편의 글로 완성되는 것이 아니라, 하나의 통일된 주제를 향하여 모일 때 온전한 글이 된다. 글 중에는 한 문장이나 몇 개의 문장으로만 이루어진 것이 있으나, 사실이나 의견이나 느낌을 충분히 전달, 표현하려면 여러 단락이 필요하다.

글을 쓸 때에 단락을 나누는 까닭은 세 가지다.

첫째, 전체를 부분으로 나누어 생각하게 한다.
둘째, 작은 부분을 더 묶어서 생각하게 한다.
셋째, 읽는 이에게 간간이 쉬며 생각할 틈을 준다.

이 점을 유의하면서, 통일성 있고, 문장 접속에 무리가 없으며, 생각이 완결된 단락을 쓰도록 하자.

설명 방식
글쓰기의 전략과 전술

•

정의

읽는 사람에게 어떤 사실이나 정보 등을 이해시킬 때 쓰이는 방법으로
설명이 있다. 설명은 어떤 일의 내용이나 이유 따위를 상대편이 잘 알
수 있도록 밝히는 것이다. 묘사가 보고 느낀 것을 자신이 받아들인 대로
생생하게 그리는 것이라면, 설명은 사물을 알기 쉽게 풀이한 것이다.

'우리집 강아지'를 묘사하는 것과 설명하는 예문을 보자.

> **묘사** : 우리집 강아지는 다리가 짧아서 걸어다닐 때는 마치 하얀 공
> 이 굴러가는 것 같다. 동그랗고 큰 눈은 호빵맨처럼 귀엽다.
>
> **설명** : 우리집 강아지는 키가 작고 몸이 통통하다. 얼굴은 동그
> 랗고 털은 하얀색이다.

위의 경우처럼 묘사는 주관적인 인상이 지배적이라면, 설명은 사실에 가까운 객관적으로 풀이하는 방법이다.

사실 설명의 방법 중 가장 많이 사용되는 것은 '정의'이다. 정의는 '~은 ~이다.' 또는 '~란 ~을 말한다.'와 같은 방식으로 설명하는 것이다. 정의는 어떤 대상의 본질이나 뜻을 밝히는 방법으로 사전을 통해 정확한 뜻을 효과적으로 전달하는 이점이 있다. 글쓰기가 익숙하지 않은 사람들은 첫 문장을 쓰기가 어렵다. 이때 단어의 정의를 풀어서 글을 시작하면 쉽게 전개할 수 있다. 정의의 예문을 보자.

정의

① 가상현실이란 컴퓨터 등을 사용한 인공적인 기술로 만들어낸 실제와 유사하지만 실제가 아닌 어떤 특정한 환경이나 상황 혹은 그 기술 자체를 의미한다.

② 문학이란 사상이나 감정을 상상의 힘을 빌려 언어로 표현한 예술 혹은 자연 과학이나 사회 과학을 제외한, 문학, 사학, 철학, 심리학 등의 학문을 통틀어 이르는 말이다.

③ 사랑이란 어떤 상대를 애틋하게 그리워하고 열렬히 좋아하는 마음이다. 인간은 태어나면서 죽을 때까지 누군가와 끊임없이 사랑을 주고받으며 살아가는 사회적 존재이다. 사랑은 인간이 가지는 순수하면서도, 강렬한 욕구 중 하나로, 상대방의 매력에 끌려 상대방을 열렬히 그리워하거나 좋아하는 마음이다. 인간은 사랑을 하는 과정에서 기쁨과 슬픔, 기대와 좌절 같은 감정 변화를 경험하게 된다.

자신의 생각과 경험을 다른 사람에게 전달할 때 어떤 방식으로 하느냐는 글을 쓰는 사람이 결정해야 한다. 주제에 맞는 전개 방식을 택하여야 효과적으로 내용을 전달할 수 있다. 정의는 논의할 개념이 생소한 것이거나, 글을 쓰는 사람이 자기주장을 설득력 있게 하기 위해 나름대로 새롭게 정의할 필요가 있을 경우에 좋은 방법이다. 개념이나 용어의 오해로 생기는 논쟁이나 혼란을 피할 수 있다. 그러나 어렵고 모호한 말로 정의하면 그 정의 때문에 오히려 혼란이 일어날 수 있어서 신중을 기하여야 한다.

예시와 인용

단락을 펼치는 기본 방법에는 예시와 인용이 있다.

예시란 '예를 들어 보인다'라는 사전적 의미처럼, 어떤 대상을 알기 쉽게 구체적인 예를 들어 설명하는 방법이다. 구체적인 사건이나 사실, 체험담, 사건 기사, 역사적 자료, 신화나 전설 등을 객관적으로 보여 주는 것이다. '예컨대, 예를 들면, 이를테면' 등과 같은 접속어를 명시한 다음에, 구체적인 예를 들어 전개한다. 예를 들 때는 논지에 알맞은 전형적인 사례, 대표적인 사례를 보여 주어야 객관적이고 설득력을 지닌 글이 된다. 특수하거나 예외적인 사례를 들어 전개할 때는 논지와 무관한 예를 들어서는 안 된다. 예시의 예문을 보자.

예시

① 우리나라의 4대 명절은 설, 한식, 단오, 추석이다. 우리 조상

들은 명절마다 특별한 음식을 해 먹었다. 예를 들면 설에는 떡국, 한식에는 찬 음식, 단오에는 수리취떡, 추석에는 송편을 먹었다.

　② 유산소 운동은 근육을 사용하여 몸 전체를 율동적으로 움직이는 운동으로 수영, 조깅, 자전거 등을 들 수 있다. 유산소 운동을 지속하면 심혈관계의 활동이 좋아져서 심폐지구력을 증가시키고, 체중 조절에도 효과적이다. 예컨대, 수영은 물의 부력으로 인하여 물 속에서는 체중의 90%가 제거되는 대신에 공기 저항보다 5~40배까지 저항이 증가하기 때문에 전신 근육을 강화시켜 주는 운동 효과를 나타낸다. 조깅은 심장과 폐에 자극을 주어 심폐기능을 향상시킬 수 있다. 자전거는 다리로 페달을 돌리는 운동이지만 근력뿐 아니라 심장과 폐의 운동 능력이 향상된다.

　인용은 남의 말을 자신의 글에 끌어 쓰는 것이다. 즉, 글쓴이가 말하고자 하는 주제와 부합하는 내용을 담고 있는 글이나 사례 등을 가져와 빗대어 쉽게 표현하는 방법이다. 인용은 권위자의 말, 공인된 이론, 격언이나 속담, 저명인의 명언이나 유명한 작품의 일부를 사용하여 글쓴이의 견해를 간접적으로 정당화할 때 쓰인다. 인용은 주로 글을 쓰는 사람이 자신의 주장을 뒷받침하고 다른 주장을 논박하기 위해 활용되는 것이므로, 객관적이고 정확한 인용을 위해서는 자료를 신중하게 검토하고 숙고하여야 한다. 인용은, 논지와 관련이 없는 것을 엉뚱하게 인용하거나 부정확하게 잘못 인용하면 오히려 글에 대한 믿음을 떨어뜨리기 때문에 주의하여 한다. 특히, 정확한 기록을 목적으로 하는 글에서는 원문原文을 그대로 옮겨 쓰는 것이 좋다.

그러나 글쓴이의 생각과 느낌을 주로 전달하는 글에서는 난해한 문장이나 옛 문장 혹은 너무 긴 내용은 이해하기 쉽게 고치거나 요약하여 전하는 것이 좋다.

다음에서 제시하는 인용의 예문을 참조하자.

인용

① 격언이나 속담을 인용한 경우

"펜은 칼보다 강하다."는 말이 있다. 이는 언론인과 저술가의 책임과 역할이 물리적이고 직접적인 폭력보다 사람들에게 미치는 영향이 훨씬 크다는 것을 의미한다.

② 저명인의 명구를 인용한 경우

정치는 말의 게임이다. 정책은 실행하는 데 시간이 걸리지만, 말은 즉각적으로 반응이 온다. 100가지를 잘해도 말 한번 잘못해서 공든 탑을 무너뜨린 정치인은 무수히 많다. 말 한마디로 천냥 빚을 갚을 수도 있는데, 말 한마디로 그동안 쌓아 온 탑을 무너뜨리는 걸 볼 때면 안타깝다. (…… 중략 ……)

'화는 입에서 나오고 병은 입으로 들어간다'禍自口出 病自口入는 말도 있다. '한 번의 말을 하기 위해 세 번을 생각해 보라'는 공자의 '삼사일언'三思一言은 진부하지만 늘 유용하다. 돈 드는 것도 아닌 말을 잘못해서 화를 입을 필요가 있을까. '립 서비스'라는 말이 왜 있겠는가. 돈 드는 것도 아닌 말이라도 서로 잘 해 주자는 것이다.

– 강미은, 「말의 품격」, 〈서울신문〉, 2015.5.13.

③ 전문가의 말을 빌려 인용한 경우

수전 손택은, "언제 일어나든 폭력은 정당화될 수 없다고, 무력은 언제 어떤 상황에서도 잘못된 것이라고, 시몬느 베이유가 전쟁을 다룬 탁월한 에세이 '일리아드, 또는 무력의 시'에서 단언했듯이 폭력은 폭력의 피해자를 사물로 뒤바꿔 버리기 때문에 잘못된 것이라고 한 번도 생각해 보지 못한 사람들에게는, 전쟁이 파국을 가져온다는 주장 자체는 전쟁을 반대할 수 있는 근거가 될 수 없다."고 말한다. 세계에서 벌어지는 잔혹한 행위들이 텔레비전과 컴퓨터 모니터를 통해 전달되면서부터 잔혹한 행위들은 이제 진부한 것이 되어버렸다. 매체를 통해 전달되는 전쟁은 하나의 이미지 이상의 의미를 갖기 힘들다. 이미지를 통해 전쟁을 바라보는 세계인들이 그 고통에 얼마나 공감할 수 있을지 의문이 든다.

-『타인의 고통』중에서

위 경우처럼 인용은 한 편의 글에서 독립적으로 쓰이기도 하고 글 전개 방식 따라 인용과 예시를 섞어 사용하기도 한다. 단락의 소주제를 가장 잘 드러내는 방식을 숙고하여 결정하는 것이 바람직하다.

사실 인용은 전달하려는 내용을 보다 쉽게 이해시킬 수 있다는 이점이 있다. 그러나 인용을 잘못하면 글의 신뢰를 훼손시키는 단점도 간과할 수 없다. 직접 인용과 간접 인용을 통해 이를 생각해 볼 수 있다. 직접 인용은 남의 말이나 글을 그대로 따오는 것이며, 간접 인용은 내용을 요약·정리하여 따오는 것이다.

직접 인용

공자는 "선善을 행하는 사람은 하늘이 복福으로 갚고, 불선不善을 행하는 사람은 하늘이 화禍로서 갚느니라."고 말했다.

간접 인용

공자는 선善을 행하는 사람은 하늘이 복福으로 갚고, 불선不善을 행하는 사람은 하늘이 화禍로서 갚는다고 말했다.

직접 인용과 간접 인용 시, 형식과 내용상에서 몇 가지 주의사항이 있다.

형식상으로는, 원문의 일부를 직접 인용할 때는 큰 따옴표(" ")를 써주어야 한다. 여기서 직접 인용과 간접 인용의 차이가 드러난다. 원문을 풀어서 쓰는 간접 인용은 따옴표 표기를 하지 않기 때문이다. 또한 인용한 텍스트의 출처를 밝혀야 한다. 신문 기사, 단행본, 심지어 인터넷 자료의 출처도 표기해야 한다.

내용상으로는, 문헌(자료)을 인용할 때 그 내용이 어떤 맥락에서 제시되는지 의미가 명확해야 한다. 비슷한 주장을 제기하는 문헌(자료)들을 인용할 때는 자신의 주장과 의미가 같은지 확인해야 한다. 특히, 다른 사람의 주장이나 논점을 인용할 때는 그 주장에 도달하기 위해 저자가 전개한 사고의 체계를 일정 정도 밝혀주어야 한다. 결론만 제시할 것이 아니라 필자의 주장을 밑받침할 수 있는 주요 논거도 함께 제시해야 맥락을 훼손시키지 않는다.

'감자 먹는 사람들', 진정한 농촌 그림

테오에게

네 생일을 맞아, 늘 건강하고 마음에 평화가 가득하기를 간절히 기원한다. 오늘에 맞춰 유화 〈감자 먹는 사람들〉을 보내고 싶었는데, 작업이 잘 진행되긴 하지만 완성하지는 못했다. 최종 그림은 기억을 더듬어 그리니 비교적 짧은 시간에 완성되겠지만, 겨울 내내 이 그림을 위해 머리와 손 그리는 연습을 해 왔다.

강한 열의를 갖고 작업에 임했기에, 며칠 동안은 치열한 전투를 치르는 것 같았다. 가끔은 그림이 완성되지 않을 것 같은 느낌이 들어 두렵기도 했다. 그러나 그림을 그린다는 게 뭐냐. '행동하고 창조하는 것' 아니냐.

〈감자 먹는 사람들〉은 황금색과 잘 어울릴 것이다. 혹은 짙게 그늘진 잘 익은 곡물 색의 벽지를 바른 벽 위에 걸어놓아도 잘 어울릴 것이다. 그러나 이런 식으로 배치하지 않고 그림을 보여서는 안 된다.

특히 어둡거나 흐린 배경에서는 이 작품의 장점이 잘 드러나지 않을 것이다. 그림이 내용이 아주 어두운 회색조의 실내를 들여다보는 것이기 때문이다. 실제 삶 속에서도, 램프가 하얀 벽 위로 뿜어내는 열기와 불빛은 관찰자에게 더 가깝기 때문에, 전체 장면을 황금색 불빛 속에서 보게 된다. 물론 관객은 그림 바깥에 있다. 그러나 자연스런 상태에서 그림 전체가 뒤쪽으로 투영되고 있는

것이다.

　다시 한번 말하지만, 이 그림은 주변에 짙은 황금색이나 구릿빛이 칠해진 채
놓여야 한다. 그 그림을 제대로 보고 싶다면, 부디 내 말을 잊지 말아라. 그림을
황금빛 색조와 함께 배치해야 그림이 더 잘 살아난다. 불행하게도 흐리거나 검
은 배경에 놓인다면, 대리석 같은 질감이 죽어버릴 것이다. 그림자를 푸른색으
로 칠했기 때문에 황금색이 이것을 돋보이게 해준다.

　어제 에이트호벤에 사는 그림 그리는 친구의 집에 그 그림을 가지고 갔다.
사흘 동안 그곳에 있으면서 그림에 달걀 흰자위를 칠하고, 약간의 세부 손질을
해서 마무리하려 한다.

　친구는 색 다루는 법을 배우려고 아주 열심인데, 〈감자 먹는 사람들〉에 특
히 매료되었다. 석판화를 제작하기 위해 그렸던 습작을 이미 본 적이 있는 그
친구는 내가 색채와 데생을 그 정도로 잘 다루리라고는 믿지 않았다고 했다. 그

도 모델을 두고 그리기 때문에 농부의 머리나 손, 손가락이 어떠한지 잘 알고 있는데, 이제 그것을 어떻게 그려야 할지 새롭게 이해하게 되었다고 했다.

나는 램프 불빛 아래에서 감자를 먹고 있는 사람들이 접시로 내밀고 있는 손, 자신을 닮은 바로 그 손으로 땅을 팠다는 점을 분명히 보여주려고 했다. 그 손은, 손으로 하는 노동과 정직하게 노력해서 얻은 식사를 암시하고 있다.

이 그림을 통해 우리의 생활방식, 즉 문명화된 사람들의 생활방식과는 상당히 다른 생활방식을 보여주고 싶었다. 사람들이 영문도 모르는 채 그 그림에 감탄하고, 좋다고 인정하는 것이 내가 궁극적으로 바라는 일이다. 그것을 위해 겨울 내내 이 직물을 짜낼 다양한 색채의 실을 손에 쥐고서, 그 결정적인 짜임새를 찾아왔다. 아직은 다듬어지지 않고 거친 모양을 한 천에 불과하지만, 그 천을 짠 실은 세심하게, 그리고 특정한 규칙에 따라 선택되었다.

언젠가는 〈감자 먹는 사람들〉이 진정한 농촌 그림이라는 평가를 받을 것이다. 감상적이고 나약하게 보이는 농부 그림을 좋아하는 사람은 다른 대상을 찾겠지. 그러나 길게 봤을 때는 농부를 전통적인 방식으로 달콤하게 그리는 것보다, 그들 특유의 거친 속성을 살려내는 것이 더 좋은 결과를 낳을 것이다. 여기저기 기운 흔적이 있고 먼지로 뒤덮인 푸른색 스커트와 상의를 입은 시골 처녀는 날씨와 바람, 태양이 남긴 기묘한 그늘을 갖고 있을 때 숙녀보다 더 멋지게 보인다고 생각한다. 그녀가 숙녀들이 입는 옷을 걸친다면, 그녀의 개성은 사라져버릴 것이다. 또한 농부는 일요일에 교회에 가려고 신사복을 차려입었을 때보다 작업복을 입고 밭에 나가 있을 때가 더 좋아 보인다.

이와 비슷하게, 농부의 삶을 담은 그림을 전통적인 방식으로 세련되게 그리는 것은 잘못이다. 농촌 그림이 베이컨, 연기, 찐 감자 냄새를 풍긴다고 해서 비정상적인 게 아니다. 마구간 그림이 거름 때문에 악취를 풍긴다면 훌륭하다고 해야겠지. 바로 그게 마구간이니까. 밭에서 잘 익은 옥수수나 감자냄새, 비료냄새, 거름냄새가 난다면 지극히 건강한 것이지. 특히 도시에 사는 사람들한테는 더욱 그렇다. 그런 그림이 그들에게 도움이 될지도 모른다. 그러나 어떤 일이 있어도 농촌생활을 다룬 그림에서 향수냄새가 나서는 안 된다.

네가 이 그림에서 마음에 드는 것을 발견하게 되는지 궁금하다. 그랬으면 좋겠다.

포르티에 씨가 내 그림을 취급하겠다고 말한 것이 있는데, 그에게 습작보다 나은 것을 보낼 수 있어서 다행이다. 뒤랑 뤼엘에게는, 비록 그가 데생이 그리 가치 있는 것이라고 생각하지 않는다는 건 알지만, 이 유화를 보이도록 해라. 그가 이 그림을 추하다고 생각한다면 그대로 내버려두렴. 상관없다. 그러나 그에게 그 그림을 한번 보여주기는 해라. 사람들에게 우리가 최선을 다하고 있다는 걸 보여주어야 할 것 아니냐. 분명 "웬 쓰레기 같은 그림이냐!"는 말을 들을 게 뻔하지만, 내가 각오하고 있듯 너도 각오해야 할 것이다. 그래도 우리는 계속해서 진실하고 정직한 그림을 그려야 한다.

농촌생활을 그리는 것은 정말 쉽지 않다. 그러나 예술과 인생에 대해 진지하게 생각하는 사람들이 진지한 반성을 하게 될 그림을 그리지 않는다면 스스로를 용납할 수 없다.

밀레나 드 그루 같은 화가들이 "더럽다. 저속하다. 추악하다. 악취가 난다" 등등의 빈정거림에 귀를 기울이지 않고 꾸준히 작업하는 모범을 보였는데, 내가 그런 악평에 흔들린다면 치욕이 될 것이다. 그래서는 안 되지. 농부를 그리려면 자신이 농부인 것처럼 그려야 할 것이고, 농부가 느끼고 생각하는 것을 똑같이 느끼고 생각하며 그려야 할 것이다. 실제로 자신이 누구인가는 잊어야 한다. 자주 생각하는 문제인데, 농부는 여러 가지 점에서 문명화된 세계보다 훨씬 더 나은 세계에서 살고 있는 것 같다. 모든 점에서 그렇다는 것은 아니지만 도대체 그들이 예술이나 다른 많은 것에 대해 알아야 할 이유가 있겠지?

더 작은 크기의 습작도 여럿 있다. 그러나 큰 작품을 그리느라 바빠서 다른 그림을 많이 그리지 못했다는 건 너도 이해하겠지. 그림이 완성되고 물감이 마르자마자 작은 습작과 함께 너에게 보낼 생각이다. 발송을 너무 늦추지 않는 게 좋을 것 같아서 서두르고 있다. 그렇게 하려면, 그 그림의 두 번째 석판화는 포기해야 될 것 같다. 이 그림에 대한 포르티에 씨의 보증서를 받을 수 있다면 좋겠다.

그 그림에 너무 빠져 지내느라 이사해야 한다는 것도 잊을 뻔했다. 이사에도 신경을 써야 했는데, 이사 걱정을 하지 않는 것은 아니지만, 이런 장르의 그림을 그리는 화가는 워낙 해야 할 일이 많아서 다른 화가보다 더 편하게 지내기를 바랄 수 없을 것 같다. 게다가 그들이 어떻게든 그림을 그리는 이상 나도 물리적 어려움으로 잠시 주저할 수는 있지만 '파괴되거나 침식되어서는' 안 될 것이다. 그러니 어쩔 수 없다.

나는 〈감자 먹는 사람들〉이 아주 좋은 작품이 되리라 믿는다. 너도 알다시피, 근래 며칠간은 물감 때문에 고생했다. 물감이 완전히 마르기 전에는 그림을 망칠 각오를 하지 않고는 붓질 한번 마음대로 할 수 없었기 때문이다. 그러니 수정할 때는 작은 붓으로 냉정하고 침착하게 해야 했다. 가끔 그림을 친구에게 가져가서, 혹시 내가 그림을 망치는 건 아닌지 물어본 것도, 마지막 손질을 그의 작업실에 가서 하는 것도 그 때문이다.

너도 이 그림이 독창적이라는 걸 확실하게 알게 될 것이다. 네 생일에 맞추지 못한 것은 정말 미안하게 생각한다.

1885년 4월 30일*

---

* 이 글은 화가 반 고흐가 동생 테오에게 보낸 편지글이다. 여기서 고흐는 〈감자 먹는 사람들〉을 창작하는 과정과 그림의 특성을 설명하고 있다. 인용문은 빈센트 반 고흐의 『반 고흐, 영혼의 편지』(신성림 역, 예담, 1999, 111-117면)

비교와 대조

비교와 대조를 사용하면, 자신의 관점을 분명히 세우는 데 도움이 된다. 두 사물이나 의견의 차이점을 분명하게 알 수 있기 때문이다. 비교와 대조는 전혀 다른 것이 아니라 어떤 점, 즉 공통점과 차이점을 중시하는가의 문제이기 때문에 두 방법은 함께 쓰이는 경우가 많다. 공통점을 드러내는 비교의 경우는 물론, 차이점을 드러내는 대조를 쓰는 경우에도 먼저 공통점에서 출발하는 것이 일반적이기 때문이다. 그러나 이 둘은 엄밀히 말하면 약간의 차이가 있다.

먼저, 비교에 대해 알아보자. 비교는 두 가지 이상의 사물이나 개념의 비슷한 것을 찾는 것이다. 비교는 관련 있는 다른 사물(개념)을 예로 들어 비교시켜 그것의 특성을 발견하는 방법이다. 관련 있는 다른 사물을 예로 들어 비교시킴으로써 인상 깊게 하는 방법으로 '~보다, ~만큼'의 형식을 사용하거나, 두 대상을 견주어서 어느 한 사물을 선명히 제시하는 표현 수법이다. 비교 예문을 보자.

비교

① 쟁반보다 더 큰 보름달이다.

② 국수와 라면은 밀가루로 만들어진 음식이다. 국수는 2차 가공식품이고 라면은 3차 가공식품이다.

③ 사람들이 많이 키우는 애완동물은 개와 고양이다. 개와 고양이는 젖을 먹여 새끼를 키우는 포유동물이며 냄새를 잘 맡는다.

간혹 비교와 비유를 혼동하는 경우가 있다. 비교와 비유는 대상의 공통성을 전제로 한다는 점에서는 일치하기도 하지만, 표현 방법으로서는 엄밀히 구별된다. 즉, 비교는 공통점이 있는 두 대상을 명확하게 설명하기 위한 것이고, 비유는 공통점을 전제로 한 두 대상을 연결하여 표현함으로써 새로운 연상 의미를 이끌어내기 위한 표현 기법이다. 따라서 비교와 비유는 구분하는 것이 바람직하다.

그러면 대조는 무엇인가? 공통점을 강조하는 것이 비교라면 차이점을 강조하는 것이 대조다. 비교는 성질이 같을 때 성립하는 반면, 대조는 성질이 반대일 때 성립한다.

대조는 두 사물이나 현상의 차이점을 분명하게 이해하는 데 효과적인 설명의 방법이다. 어느 정도 공통점이 있는 두 사물을 대상으로 하여 반대되는 성질을 강조함으로써 그것의 성질을 강하게 부각시키는 방법이다. 비교와 대조는 둘 이상의 대상이 있어야 한다는 점은 같지만 비교는 공통점을, 대조는 차이점을 중심으로 서술한다는 점이 다르다. 비교는 상반되는 두 가지 사물의 관념을 대조하고 비교하거나 차이점을 부각시켜 설득과 이해를 촉구하도록 한다. 비교와 대조의 대상은 동일 범주에 속한 것이어야 함을 잊지 말아야 한다. 대조 예문을 보자.

대조

① 축구와 야구는 공을 가지고 하는 운동이다. 축구는 전·후반전으로 나뉘어 시간제한이 있지만, 야구는 9회로 나뉘어 시간제한이 없다.

② 소설과 영화의 차이점은 매체에서 비롯된다. 소설은 언어를, 영화는 영상과 음향을 매체로 한다. 소설은 복잡하고 추상적인 심리 표현을 직접적으로 할 수 있는 반면, 영화는 시각화의 한계로 인해 심리 표현을 직접적으로 할 수 없다. 또한 소설은 활자를 통해 독자 스스로 생각하고 머릿속에서 이미지를 떠올리는 것이라면, 영화는 시각과 청각을 통해 대중이 주제와 내용을 생각하는 것이다.

나의 이슬람 문화 체험기

한국에서 돼지는 행운을 가져다주는 짐승이다. 사람들은 꿈에도 돼지가 나타나기를 원한다. 돼지고기는 사람보다 신이 더 좋아했다고 주장하는 학자도 있다. 한양대 최래옥 교수는 하늘에 제사를 지낼 때 돼지를 희생시켰으니 돼지야말로 신을 부르는 영물靈物이요, 건강과 행운의 상징이며 신이 좋아하는 동물이라고 주장한다. 그래서 공사기공식을 할 때 돼지머리를 제단에 올리고 아무 사고 없이 공사가 마무리 될 수 있도록 해달라고 기원한다. 중동 아랍권에 진출한 한국 회사도 예외는 아니었다. 그런데 이슬람의 절대적 영향을 받고 있는 아랍권의 무슬림은 돼지를 사육하는 사람이 없다.

그렇다면 그곳에 진출한 한국 회사들이 고사를 지낼 때 돼지머리를 어떻게 구했을까? 사우디아라비아에서는 돼지를 수입하는 것도 허용되지 않는다. 결국 돼지머리 대신에 양의 머리로 대체할 수밖에 없었다. 이슬람 세계에서는 양이 우리의 돼지처럼 건강과 행운의 상징이다. 알라의 택함을 받은 여러 예언자, 그 중에서도 예수와 무함마드는 양을 돌본 양치기였다. 『성경』과 『꾸란』에 등장한 아담의 차남 아벨이 바친 양이 번제燔祭로 택함을 받았고, 예언자 아브라함이 장남을 신의 제단에 바쳤을 때 살찐 양 한 마리로 대체된 것으로 보아, 신이 좋아한 동물은 양으로 볼 수 있다. 한국 회사들이 공사에 들어갈 때 양머리로 제사를 올린 것은 탁월한 선택이 아니었나싶다. 결과적으로 우리 기업들은 중

동의 모래바람을 이겨내고 기적을 이루어냈으니 말이다.

- 최영길, 『나의 이슬람 문화 체험기』, 한길사(2012)에서

분류와 구분

사전적 정의를 보면, 분류는 사물의 공통되는 성질에 따라 종류별로 가르는 것이며 구분은 따로따로 갈라서 나누는 것이다. 분류와 구분은 둘 이상의 대상에 대해 그 유형을 갈라 설명하는 것이다. 상위 개념으로 묶어 가는 것을 분류, 하위 개념으로 나누는 것을 구분이라 한다. 즉, 분류는 종류별로 묶는 것이고, 구분은 종류별로 나누는 것이다. 두 방법은 범위가 큰 대상을 간단하고 일목요연하게 정리하는 데에 효과적이다. 두 방법은 일정 정도 비슷하면서 다르다. 구분이 상위개념에서 하위 개념으로 진술하는 방식이라면, 분류는 하위개념에서 상위 개념으로 진술하는 방식이다.

먼저, 분류를 보자. 유사한 특성을 지닌 대상들을 일정한 기준에 따라 나누거나 묶어서 설명 하는 방법이다. 비교적 큰 대상이나 개념을 포괄적으로 이해하는 데 적합하다. 어떤 대상을 분류한다는 것은, 구성 요소들 사이에 일정한 질서를 부여하거나 숨은 질서를 찾아내는 것이며, 이는 곧 그 대상을 조직화한다는 뜻이 된다. 따라서 일관된 분류 기준을 갖고 한 묶음에 적어도 둘 이상의 요소가 들어가도록 하여야 한다. 이때 중복된 내용이 없는지도 살펴야 한다.

분류

① 시, 소설, 수필, 희곡은 문학의 4대 장르다.

② 시, 소설, 수필, 희곡은 문학이다. 시, 소설, 수필, 희곡은 언어로 정서를 표현하는 예술이므로 문학이다.

③ 풍속도는 궁궐이 아닌 민간의 생활상을 다룬 그림이다. 사대

부의 생활상을 그리거나, 일반 백성들의 생활상을 그린 것으로 사대부와 서민의 삶을 읽을 수 있는 사료史料다.

구분은 일정한 기준에 의해 대상을 나누어가는 방법이다. 대상을 나누되 비슷한 성질끼리 묶어서 나누는 것이다. 개별적인 다수를 묶어 단순화 한 것이 분류라면, 하나로 묶여 있는 것을 풀어서 종류별로 세분화한 것이 구분이다.

구분
① 문학의 4대 장르는 시, 소설, 수필, 희곡이다.
② 현대시는 형식상 정형시, 자유시, 산문시로 나눌 수 있으며, 내용상 서정시, 서사시, 극시로 나눌 수 있다.
③ 소설의 종류는 소재와 주제의 표현 형식에 따라 구분된다. 소재에 따라 농촌 소설, 역사 소설, 전쟁 소설, 과학 소설로 나누어진다. 주제에 따라 비극 소설, 희극 소설, 운명 소설, 순정 소설로 나누어진다.

분류와 구분은 글의 목적에 따라 달리 쓰인다. 분류하거나 구분하기 전에 글의 목적을 확인하고 목적에 맞는 방식과 기준을 선택하는 것이 바람직하다

4부 글쓰기의 기본을 지켜라

01

수정修正은
수정水晶을
만든다

아무리 분명한 생각을 가지고 글을 쓰더라도 글쓰기 과정에서 생각이 바뀌거나 새로운 생각이 떠오르게 마련이다. 동일한 결론에 이르더라도 결론에 도달하는 과정은 얼마든지 변한다. 따라서 자기가 쓴글을 다시 읽고 수정하는 단계가 필요하다. 특히, 소리 내어 읽어 보기를 권장한다. 소리 내어 읽어보면 눈으로 읽었을 때는 드러나지 않던 여러 가지 문제점을 보다 쉽게 발견할 수 있다. 눈으로 읽을 때는 머리만 작용하지만 소리 내어 읽을 때는 본능까지 작용하기 때문이다. 논리적으로 글을 썼는지, 각 단락의 핵심은 드러나는지, 문장은 명료한지, 명확한 어휘를 사용하였는지 등등을 염두에 두면서 소리 내어 읽어보면 자신의 글을 좀 더 명확하게 파악할 수 있다.

수정 단계에서는 소리 내어 읽기뿐 아니라 자신의 글을 다른 사람에게 보이는 것도 바람직하다. 글쓰기는 자신의 글을 다른 사람에게 드러내 보이고 조언을 구할 때 발전한다. 하지만 우리는 어린 시절 아픈 기억을 갖고 있어서 자신의 글은 누군가에게 보여주기를 꺼린다. 대체로 초등학교 때 싫었던 기억 중 하나가 일기 쓰기이다. 담임 선생님이 검사하고 돌려준 일기장의 피바다는 일기 쓰기 및 글쓰기에 대한 거부감을 형성하는 데 크게 기여했을 것이다. 내용은 물론 문장 구조, 맞춤법, 띄어쓰기 등을 빨갛게 체크한 것을 보고 느꼈던 공포와 좌절! 어린 시절의 이런 기억으로 자신의 글을 감추게 되면 글쓰기는 진전이 없다. 자신의 글을 다른 사람에게 읽히고 토론할 때 자신의 생각과 글은 객관화되고 타당성이 검증될 수 있다. 자신의 글을 다른 사람에게 읽히는 것을 부끄러워하지 말아야 한다.

수정은 시간적 거리는 물론 심정적 거리 두기를 필요로 한다. 초고를 작성하고 몇 시간이 지난 뒤 혹은 며칠이 지난 뒤에 검토해야 글에 대해서 좀 더 객관적인 태도를 유지할 수 있다. 독자의 입장에서 글을 수정하는 자세를 갖자는 의미다. 글쓴이는 자신의 글 내용(전개)을 잘 알기 때문에 수정을 하는 것이 아니라 글 내용과 전개에 함몰되기가 쉽다. 자신의 글이지만 독자 입장에서 글을 읽어야 비약과 독단을 막을 수 있고 균형감을 찾을 수 있다.

사실 글쓰기는 자신감의 회복과 상실의 과정이다. 글쓰기를 시작한 뒤 몇 시간은 끙끙거리면서 한 편의 글을 완성하게 되면 자신감이 솟구칠 것이고, 완성된 글을 보고 수정과 수정을 되풀이하다보면 자신감이 하락할 것이다. 수정할 부분이 많다고 좌절할 필요는 없다. 대작가들도 수정과 수정의 단계를 거치기 때문이다. 헤밍웨이는 『무기여 잘 있거라』의 마지막 쪽을 39번 수정하였다고 한다. 자신이 완전하게 만족할 때까지 고치고 또 고쳐서 명작을 탄생시킨 것이다. 하물며 대작가인 헤밍웨이도 그러한데, 글쓰기가 능숙하지 않은 우리들이 힘든 것은 당연하다.

좋은 글은 성실함만으로도 충분히 가능하다. 거울을 보고 또 보면 예뻐지듯이 글도 수정하고 또 수정하면 멋진 글이 된다. 끊임없이 고쳐 쓸수록 좋은 글이 나온다는 것은 글 잘 쓰는 사람들이 공통적으로 하는 제안이다. 또한 고쳐 쓰기는 자신의 글을 신뢰할 수 있게 만드는 중요한 작업이다. 공개적으로 드러내는 글은 고치고 또 고쳐야 한다.

홍어도 익힐수록 그 진미가 드러나듯이 글도 숙성시켜야 한다. 글은 날것 그대로 던지는 것이 아니라 글쓴이의 최고의 산물을 던지는 것이다. '당신이 가진 최선의 것을 주어라, 그러면 최고의 것으로 돌아온다.'는 말처럼, 글은 완성한 후 고치고 또 고쳐야 최고의 글이 탄생한다.

좋은 글을 위해 수정 단계는 하향식 검토 방식으로, 큰 것에서부터 시작하여 작은 것으로 나아가는 방식이다. 즉, 전체에서 단락, 문장, 단어 순으로 검토하는 것이다.

전체 ▶ 단락 ▶ 문장 ▶ 단어

첫째, 전체를 먼저 살펴보아야 한다. 글 전체 수준에서 고쳐 쓸 때는, 전체적인 구성이 서론(처음), 본론(중간), 결론(끝)의 형태를 취하고 있는지를 살피자. 서론(처음)에서 문제의식 혹은 글의 동기, 목적이 드러났는지, 본론(중간)에서 전개된 논의에 일관성 혹은 깊이가 있는지, 결론(끝)에서 핵심 내용이 간단명료한지 등을 중심으로 형식을 살펴보자. 아울러 글 내용을 전체적인 관점과 틀에 맞게 전개하였는지를 살펴야 한다. 다음을 참조하면서 그 외 불필요한 부분은 과감히 삭제하자.

* 전체에서 우선적으로 수정 고려할 사항이다.
　　① 글 전체가 일관된 주제로 전개되었는가?
　　② 제목, 주제, 제재가 상호 관련되어 있는가?
　　③ 글의 서론, 본론, 결론이 균형 있게 서술되었는가?
　　④ 목적에 부합하는 글인가?
　　⑤ 글의 내용이 논리적으로 전개되고 있는가?
　　⑥ 정확한 정보를 활용하였는가?
　　⑦ 읽는이를 중심으로 글을 전개하였는가?

　　둘째, 단락 중심으로 수정하자. 단락은 생각의 덩어리다. 글의 핵심 내용을 구성하는 부분이다. 따라서 탄탄하고 좋은 글을 위해서는 단락을 잘 다듬어야 한다. 주제문, 단락 내에서 제시되는 글 흐름의 순서, 즉 주제문과 이를 뒷받침하기 위해 사용된 세부 항목들이 적합하게 배치되었는지, 그리고 단락들 사이에 사용된 연결 어구들이 일관성을 이루었는지 등을 주목해야 한다. 단락 수정은 다음을 참조하고 그 외 불필요한 부분을 삭제하자.

* 단락에서 우선적으로 수정 고려할 사항이다.
  ① 각 단락들이 글 전체와 잘 연결되어 있는가?
  ② 각 단락들이 서로 유기적으로 연결되어 있는가?
  ③ 각 단락들이 통일성과 일관성이 있는가?
  ④ 각 단락에 주제문이 있는가?
  ⑤ 단락에서 중심 내용을 뒷받침하는 내용이 있는가?
  ⑥ 단락 구분이 잘 되었는가?
  ⑦ 단락은 글의 목적과 주제를 부각시킬 수 있도록 배치되었는가?

셋째, 문장 중심으로 수정하자. 문장은 사고나 감정을 말로 표현할 때 완결된 내용을 나타내는 최소 단위이다. 한 문장에는 하나의 생각과 의미를 담아야 한다. 글은 문장을 통해 내용을 파악하고 이해하는 것이므로 다른 무엇보다 정확하고 명료해야 한다. 문장 수준에서 글을 수정할 때는 한 문장만 보는 것이 아니라 문장과 문장의 연결, 문법, 표현 방법 등이 검토되어야 한다. 문장 수정 역시 다음을 참조하고 그 외 불필요한 부분을 삭제하자.

* 문장에서 우선적으로 수정 고려할 사항이다.
  ① 각 문장들이 전체 글에서 유기적으로 연결되었는가?
  ② 각 문장들이 한 단락 내에서 논리적으로 연결되었는가?
  ③ (앞)문장과 (뒤)문장의 연결이 자연스러운가?
  ④ 문법에 어긋난 문장은 없는가?
  ⑤ 문장을 좀 더 간결하고 정확하게 표현할 수는 없는가?
  ⑥ 그(이) 문장이 최선의 표현인가? 대체할 좋은 표현은 없는가?
  ⑦ 문장 부호는 적절하게 사용되었는가?

넷째, 단어 중심으로 수정하자. 요즘은 일반 글쓰기를 하는데도 평소 사용하는 은어, 신조어 등을 쓰는 경우가 있다. 일반적으로 우리가 쓰는 실용적 글은 사적 공간이 아닌 공적 공간이므로 보다 정확한 용어와 단어 사용이 필요하다. 글쓰기는 구조와 문법이 중요하다. 문장 내의 어순과 글의 방향, 흐름에 영향을 미치는 것이 단어기 때문이다. 그러므로 올바른 단어 사용 역시 중요하다. 단어 수준에서 수정하기는 글 내용과 관련하여 알맞은 단어가 선택되었는지, 문법에 어긋난 표현은 없는지 등을 고려해보자. 다음을 참조하고 그 외 불필요한 부분을 삭제하자.

---

* 단어에서 우선적으로 수정 고려할 사항이다.
　① 의미를 부각시킬 수 있도록 대체할 좋은 단어는 없는가?
　② 정확한 의미의 단어를 사용하였는가?
　③ 반복되는 단어는 없는가?
　④ 접속사를 남용하지는 않았는가?
　⑤ 차별적인 단어는 없는가?
　⑥ 문맥에 맞지 않는 잘못된 단어는 없는가?
　⑦ 맞춤법과 띄어쓰기, 문장 부호 사용이 올바른가?

글쓰기는 사람을 겸손하게 한다. 아무 것도 쓰지 못하고 백지 앞에서 몇 시간을 멍하게 보내보면, 아주 짧은 글이라도 한 편 써낸 사람을 존경하게 되면서 스스로 겸손해진다. 또한 글쓰기는 차분한 마음을 갖게 한다. 정신을 집중하여 글을 쓰고 다듬다보면 저절로 마음

이 정연해진다. 특히, 글을 수정하는 과정에서는 더욱더 그러하다. 단어 하나하나를 살피고, 한 문장 한 문장을 곱씹고, 한 단락 한 단락을 예의주시하기 때문이다. 글을 잘 고치는 사람이 글을 잘 쓴다. 고쳐 쓰기, 즉 수정은 자신의 글을 신뢰할 수 있도록 하는 단계다. 즉각적으로 쓴 초고를 매의 눈으로 전체 ⇨ 단락 ⇨ 문장 ⇨ 단어 등의 순서로 응시하여 수정 하면, 믿음을 줄 수 있는 글이 된다.

수정修正은 수정水晶을 만든다.

글짓는 법 A·B·C
처음 글쓰는 이들을 위하여

나 역시 아직 작문을 공부하는 사람의 하나이다. 남을 앞서 인도하려는 것보다 먼저 내 공부를 위해서 이 글을 초草한다는 것을 미리 말하여 둔다. 그리고 한동안 남의 작문시간을 인도해 본 조고만 경험과 그때 준비하엿든 교재를 중심으로 하야 나아감으로 다소 교실 냄새가 풍기어질 것도 미리 말하여 둔다.

대체로 우리는 글쓰기를 넉넉히 배우지 못하엿다. 그것은 여러 가지 사정이 있기 때문이다. 여기서 그 사정을 말할 자리는 아니며 얼마나 우리가 글쓰는 데 서투른지는 어느 서양부인의 말 한 마디를 여기 소개함으로써 여러분의 적당한 짐작을 일으키려 한다.

어떤 서양부인의 말 "나는 조선글이 훌륭하다고 생각할 수 없오. 보시오 두 교원에게서 온 편지가 같은 말일 터인데 모다 다르오. 하나는 '교장님에 기체?' 하나는 '교장님의 기체' 또 하나는 '알령하십니까?' 하나는 '안녕하십닛가?' 하였으니 어느 것이 옳소? 당초에 정신을 차릴 수가 없오."

우리는 웃어버릴 것이 아니다. 영어에 있어서는 '투'와 '오브'를 분명히 가려 쓸 줄 알면서 왜 우리 글에선 '에'와 '의'를 구별하지 못하는가?

원인은 뻔—하다. 우리는 우리 글을 너무 지어 보지 않기 때문이다.

나는 여기서 작문의 교육적 가치를 재인식할 필요를 느낀다. 작문이란 한낱

206

글짓는 것에 그치는 것이 아니라 교육상 일반의 문화적 교화 상 얼마나 중대한 기초공사라는 것을 역설하고 싶은 것이다.

작문이란 글짓는 것인 동시에 한 표현의 훈련이다. 표현이란 알기만 하면 절로 되는 것 같지만 훈련이 없이는 결코 원만히 행할 수 없는 것이다. 원만한 표현이란 남을 상대로 하는 데서는 일종의 자기완성이다. 말로나 글로나 자기를 자기답게 표현하지 못하는 데는 완전한 자기가 남과 대립하여 존재할 수 없는 것이다. 그럼으로 사회적 의미에서 표현이 졸한 천재는 표현이 능한 범재凡才만 못할 것이며 표현이 불완전한 학식과 사상은 제 아모리 우수한 것일지라도 구름 속에 잠긴 달일 것이다.

작문이란 글을 짓는 것인 동시에 인격을 짓는 것이다. 작문은 다른 공부와 같이 모르든 지식을 새로 습득하는 것이 아니라 자기가 이미 아는 것 자기와 생활 경험 속에서 무엇을 찾아내어 창조하는 것이다. 그럼으로 작문은 사색하는 공부이다. 사색은 인격의 공사이기 때문이다.

작문이란 글을 짓는 것인 동시에 감수성을 닦는 것이다. 감각하는 것, 인식하는 것, 비판하게 되는 것, 이런 능력이 어느 학과에서보다 작문에서 더 많이 얻을 수 있기 때문이다. 감각력·인식력·비판력은 모―든 행위의 원동력이 되는 것이니 슬픈 일을 보고 슬픈 줄 감각하여야 울 것이요, 악덕 불의인 줄 인식하여야 의분심이 발동될 것이다.

이와 반대로 모든 감각이 우둔하여 슬픈 것을 보되 슬픈 줄 모른다든지 불의를 보되 의분이 끓어나지 않는 사람이라면 그는 비록 학식은 많다 하드라도 인간으로선 미개의 만인蠻人임을 면치 못할 것이다.

이상과 같은 의미에서 나는 작문이란 단순히 글짓는 기술만을 공부하는 것에 그침이 아니라 인간이 문화화함에 전반적으로 영향하는 기초학문이라 생각한다.

따라서 무시된 오늘의 '조선어 작문'을 위해 정당한 평가를 고취하는 것이며 한 걸음 나아가선 천견박식淺見薄識을 무릅쓰고 이런 강의의 붓을 잡아보는 것이다.

- 이태준, 「글짓는 법 A·B·C」, 『中央』, 1934. 6.

02

신조어,
이모티콘
사용 자제

•

본격적인 전개를 하기 전에 다음 테스트를 한번 해 보자.

---

① 아아/따아   ② 전차스   ③ 덕계못

④ 할많하않   ⑤ ㅇㄱㄹㅇ   ⑥ 더럽

⑦ 닝바닝   ⑧ 흠좀무   ⑨ ㅇ알못

⑩ 안여돼

---

* 정답은 ❶아이스아메리카노/따뜻한아메리카노 ❷전자파 차단 스티커 ❸
덕후는 계를 타지 못한다 ❹할 말은 많으나 하지 않겠다는 말 ❺이거레알
(real), 이게 진짜 맞는거지 ❻The love(더 러브), 사랑이다 ❼닝겐 바이 닝겐
의 줄인말로 사람마다 다르다 ❽흠, 이게 사실이라면 좀 무섭군의 줄인말로,
믿을 수 없는 이야기나 놀랄 만한 이야기를 들었을 때 사용 ❾알지 못한다의
줄인말 ❿안경+여드름+돼지의 줄임말이다.

몇 개를 맞추었나요? 아무래도 채팅을 자주 하는 젊은층은 '이 것도 문제라고 내나' 하는 생각이 들었을 것이고, 그렇지 않은 세대는 도대체 '이게 우리말이야 아니면 외계어야' 라고 생각하였을 것이다. 이처럼 채팅언어는 인터넷이 보급되고 나서 빠르게 등장한 새로운 형태의 신조어로써 많은 이들을 당황케 하고 있다. 신조어는 앞에서 볼 수 있듯이 한글에 한자, 특수기호가 섞여 있는 암호 같은 글이지만 젊은층은 단숨에 읽는다고 한다. 채팅을 할 때는 오히려 제대로 된 맞춤법을 사용하면 세대 차이가 난다고 여겨 통신도 거부한다고 한다. 물론 신조어는 우리나라에만 있는 것은 아니다. 해외 누리꾼들이 많이 쓰는 단어 LOL은 Laughing out Loud의 약자로, 우리가 쓰는 'ㅋㅋㅋ'와 비슷하며 재밌어서 크게 웃는다는 의미라고 한다. 일본의 '토후멘타루'는 우리나라에서 정신력이 약하다는 의미로 쓰이는 '두부멘탈', '유리멘탈'과 같은데 이 역시 신조어이다.

예전에(2015년) 영국의 옥스퍼드사전은 '올해의 단어'로 알파벳이 아닌 '기쁨의 눈물을 흘리는 얼굴'face with tears of joy 이모지emoji를 선택했다. 옥스퍼드사전 측은 "이모지는 더 이상 10대의 전유물이 아니라 언어의 장벽을 뛰어넘는 수단"이라고 설명했다. 또한 최근 들어 영어보다 많이 쓰는 세계 공용어가 '이모지'라고 한다. 이모지emoji는 일본어 '에모지(繪文字·그림문자)'에서 따온 것으로, 부호의 조합으로 감정을 전달하는 '이모티콘'이 한 단계 진화한 그림문자다. 메신저나 소셜미디어에서 글을 쓸 때 붙이는 ^0^(웃는 표정), TT(눈물 흘리는 표정), *^-^*(부끄러워하는 표정), +_+(할 말이 없는 표정) 등 다양한 모양의 아이콘을 말한다. 이러한 언어는 매체 특성상 표정이나 동작을 전달할 수 없기 때문에 형태적인 유사성을 이용해서 만든 것들이다. 즉, 이모지는 상대가 영어를 쓰든, 중국어를 쓰든 한국어를 쓰든 해당 언어를 몰라도 다양한 아이콘으로 표현하기 때문에 의사소통이 가능하다. 가령, 미국의 한 대학에서 메신저 사용이 소통에 미치는 영향을 실험하였다. 한 그룹은 이모티콘을 사용하게 하고, 다른 한 그룹은 금지하는 실험을 했다. 그 결과 이모티콘을 사용한 집단이 소통하는데 더 큰 만족감을 느꼈다고 한다. 이는 이모티콘 사용이 현대인들에게 그만큼 친숙한 것이며 깊숙이 자리 잡았다는 것을 보여준다. 이런 현상을 두고 혹자는 신新상형문자 시대, 상형문자의 재림이라고 말하기도 한다.

물론 이들의 사용이 무조건 잘못되었다는 것은 아니다. 채팅언어와 컴퓨터 통신언어는 감각성과 개성을 돋보이게 하는 효과가 있다. 나아가 온라인상에서 상호적 글쓰기를 하는 경우 빠른 표현으로 인해 소통을 원활하게 할 수도 있다. 다만 채팅언어와 통신언어를 일반 글쓰기, 즉 공적인 글쓰기에도 사용하기 때문에 문제라는 것이다. 이 책의 서두에서 대학생이 시험 답안지에 교수님께 쓴 글도 그러하듯이 때와 장소를 가리지 않는 무분별한 언어 사용은 삼가자는 말이다. 사실 지나치게 자유분방한 글쓰기는 흠이 된다. 자신의 일생이 달린 취업 때 쓰는 자기소개서, 상사에게 보고하는 보고서, 기획안 등은 진지함을 담아야 한다. 그런데 평소 습관대로 컴퓨터 채팅용어나 이모티콘을 사용하게 되면 중요한 기회를 스스로 박탈하는 것이나 다름없다. 따라서 사적인 글쓰기와 공적인 글쓰기를 엄연히 구분할 필요가 있다.

인간이 소통을 하는 수단은 말과 글/글쓰기다. 말과 글은 소통의 도구라는 점은 같지만, 엄연히 다르다. 말은 대개 화자와 청자가 동일한 상황과 맥락을 공유한다. 같은 공간에서 화자와 청자가 접촉하면서 소통하는데, 이때 여러 가지 수단을 활용한다. 얼굴 표정, 눈빛, 말의 어조, 속도, 몸짓 등을 사용하여 표현하고 소통한다. 반면, 글/글쓰기는 언어 이외의 요소가 개입되지 않는다. 오로지 글로만 내용을 전달하기 때문에 상대적으로 어렵다. 간혹 이러한 제약에서 벗어나기 위해 이모티콘을 사용하는 경우가 있다. 그렇지만 채팅 언어, 이모티콘 등은 사회적으로 약속된 문자가 아니라는 점을 기억할 필요가 있다.

글이란 상대에게 정보를 전달하든 설득을 하든 일정한 목적을 갖는다. 우리가 글을 쓴다는 것은 독자를 향해 무언가 메시지를 전달하기 위한 것이다. 개인적인 문서가 아닌 그 외의 글은 읽는 사람을 고려하여 기본 원칙을 지켜야 한다. 어법이나 문법, 맞춤법을 지켜야 하고 논리와 체계를 갖추어야 한다. 그런 원칙에 바탕을 두어야 전하고자 하는 의도가 정확하게 전달될 수 있을 것이다.

03

맞춤법, 띄어쓰기, 원고지 사용법

●

다음은 특별히 틀리기 쉬운 맞춤법만을 정리한 것이다. 실제 글쓰기 과정에서 자주 사용되는 것이기 때문에 정확히 학습해 둘 필요가 있다.

틀리기 쉬운 맞춤법

① '이'와 '히'의 구별
　　　　　　　　　　- 어근에 '하'가 붙는 것은 '히'로 적는다.

　　　　예) 고요히(하다), 꾸준히(하다), 당연히(하다), 분명히(하다)

　　　　- '하'가 붙어도 '이'로만 소리 나면 '이'로 적는다.

　　　　예) 깨끗이(하다), 반듯이(하다), 의젓이(하다)

　　　　- 어근에 '하'가 붙지 않는 것은 '이'로 적는다.

　　　　예) 가벼이, 낱낱이, 빽빽이

- '하'가 붙지 않아도 '히'로만 소리 나면 '히'로 적
  는다.

예) 극히, 급히, 속히

- 둘 다 소리 나면 '히'로 적는다.

예) 솔직히, 가만히, 간편히, 쓸쓸히

② 된소리, 예사소리 - 의문을 나타내는 어미는 '된소리', 나머지 어
  미는 '예사소리'로 적는다.

된소리 : -ㄹ까?(할까?), ㅂ니까?(합니까?), -리
  까?(하리까?)

예사소리 : ㄹ거나(할거나), ㄹ걸(할걸), ㄹ세
  라(할세라), ㄹ지니라(할지니라)

③ '꾼', '때기' 등의 접미사 - 소리 나는 대로 적는다.

예) 심부름꾼/심부름군, 귀때기/귓대기, 볼때
  기/볼대기

④ '더라', '던지'와 '든지' - 과거의 의미는 '더라', '던지', '더', 가리지 않는
  다는 뜻일 때는 '든지'를 쓴다.

예) 지난겨울은 몹시 춥더라(과거)
  가든지 오든지 마음대로(선택)

214

⑤ 사이시옷 규정

- 우리말+한자어, 또는 우리말+우리말의 합성어일 때, 그 중에서 앞말이 모음으로 끝난 경우 또 그 중에서 뒷말의 첫소리가 된소리로 나는 경우

예) 나뭇가지(나무+가지 〉 나무까지 〉 나뭇가지)

- 뒷말의 첫소리 ㄴ ㅁ 앞에서 ㄴ소리가 덧나는 경우

예) 아랫니(아래+니 〉 아랜니 〉 아랫니)

　　제삿날(제사+날 〉 제산날 〉 제삿날)

- 뒷말의 첫소리 모음 앞에서 ㄴㄴ이 덧나는 경우

예) 나뭇잎(나무+잎 〉 나문닙 〉 나뭇잎)

　　훗일(후+일 〉 훈닐 〉 훗일)

- 두 음절 한자어

예) 곳간, 셋방, 숫자, 찻간, 툇간, 횟수

- 律(율), 率(율), 劣(열), 裂(열), 烈(열), 列(열)은 모음이나 'ㄴ' 다음에 '율', '열'로 적는다.

예) 선율, 백분율, 졸렬, 결렬, 명렬, 행렬

띄어쓰기

① **조사는 붙여 쓴다.**

예) 사람마다, 여기부터, 어디까지, 나밖에, 너같
이, 이만큼, 뿌리째로, 사람처럼, 사람만, 바람
보다, 법대로, 사람뿐

② **의존명사는 띄어 쓴다.**

예) 할 만, 옷을 뻔, 갈 바를, 먹을 만큼, 갈 데, 뜻
한 바, 떠난 지, 하는 듯, 그런 걸로 알아라, 떠
날 리 없다, 우수함 때문이다, ~할 뿐이다, 됨
직한, 피곤하실 테니, 목이 멘 채

* 그것, 저것, 오른쪽, 이편, 저편, 이번, 저번, 이
쪽, 저쪽 등은 한 단어로 취급해 붙여 쓴다.

③ **겸, 내지, 대, 및, 등은 띄어 쓴다.**

예) 국장 겸 과장, 열 내지 스물, 한국 대 일본, 일
대 일(1 : 1), 책상, 걸상 등이 있다.

④ **성과 이름은 붙여 쓰고, 이름과 관직명은 띄
어 쓴다.**

예) 김창호 선생님

* 성명 이외에 고유명사

한국대학교 인문대학, 또는 한국 대학교 인문 대학

⑤ **용어과 보조 용언은 띄어 쓰는 것이 원칙이
나 붙여 쓰는 것도 허용된다.**

예) 하지 못한다(하지못한다), 살게 된다(살게된
다), 꺼져간다(꺼져간다), 밝아온다(밝아온다),

읽어 드린다(읽어드린다), 합격해야 된다(합격
해야된다)

① 제목 및 이름: 맨 윗줄을 비우고 두 번째 줄
에 제목, 그 아래 한 줄 비우고 네 번째 줄에
이름을 쓴다. 본문은 거기에서 한 줄 더 비
우고 여섯째 줄에 쓴다.

② 단락의 표시를 분명히 한다(한 칸 들여 써서 행
구분을 한다).

③ 한 칸에 한 자씩, 숫자는 두 자씩.

④ 각종 부호 역시 한 칸씩, 그러나 물음표(?),
느낌표(!)는 한 자씩, 다른 부호는 반 칸으로
생각한다. 따라서 물음표(?)와 느낌표(!) 다
음은 한 칸을 비우지만, 쉼표(,), 마침표(.), 큰
따옴표(" "), 작은따옴표(' ')등의 부호 다음에
는 한 칸 비우지 않는다.

⑤ 왼쪽 첫 칸에는 부호를 쓰지 않는다. 따라서
윗줄 오른쪽 여백에 표시한다.

⑥ 왼쪽 첫 칸에는 띄어쓰기를 않는다. 부득
이할 경우 윗줄 오른쪽 끝에 띄어쓰기 표시
(∨)를 한다.

⑦ 연필로 쓰지 말고 볼펜으로, 교정은 지우개

나 수정액을 사용하지 않고 원고 교정 부호를 사용해서 하는 것이 좋다.

⑧ 교정 부호

↱ : 바른편으로 밀어라.

↰ : 왼편으로 밀어라.

∨ : 띄어써라.

∀ : 띄지 말고 그대로 두어라. (∨표 지른 것을 다시 정정)

⌒ : 띄지 말고 붙여라.

⊖ : 붙이지 말고 그대로 두어라. (⌒표 지른 것을 다시 정정)

⋈ : 한 행을 비워라.

⋈ : 두(세) 행을 비워라. (혹은 ＞＜ 표시를 하고 여백에다가 '2行空', '3行空' 이라고 표시하기도 한다.)

⌐ : 행을 바꾸어 새 줄을 잡아라.

∽ : 행을 바꾸지 말고 윗줄에 이어라.

∽ : 위치를 바꾸어라.

04

한글 맞춤법
·
문법 검사기 사용

·

글을 쓸 때 힘든 것 중 하나가 맞춤법이다. 사적인 글쓰기는 맞춤법이 틀려도 크게 문제 되지 않는다. 다시 고쳐 쓰면 되니까. 그러나 공적인 글쓰기(자기소개서, 보고서, 공모전 기획서 등)에서 맞춤법은 중요하게 작용한다. 좋은 소재와 멋진 주제로 글을 써도 맞춤법이 틀리면 옥에 티가 되기 때문이다. 공적인 글쓰기에서 정확한 맞춤법은, 글쓴이의 정성을 확인할 수 있는 지점이다. 가령, 자기소개서를 쓸 때 간절하고 절박한 마음이면, 글쓴이는 그 글을 읽고 또 읽고 고치기를 반복한다. 보고 또 보면 맞춤법은 물론 문장도 틀릴 수가 없다. 글 읽는 이는 깔끔하고 정확한 글을 신뢰한다. 글은 바로 그 사람이라는 말처럼, 글쓰기에서 정확한 맞춤법은 필수적이다. 정확한 맞춤법은 작지만 강한 힘을 가졌다.

그렇다고 바쁜 현대인들은 예전처럼 일일이 종이 국어사전을 찾아볼 수 없다. 한글 맞춤법도 이제는 스마트폰을 통해 손쉽게 해결할 수 있다. 네이버의 한글 맞춤법 검사기는 맞춤법이 헷갈리거나 보다 정확한 의미와 어휘를 알고자 할 때 편리하게 사용할 수 있다. 그리고 부산대학교의 한국어 맞춤법/문법 검사기도 신뢰할 수 있다. 부산대학교는 자체적으로 한국어 맞춤법뿐만 아니라, 문법 검사기 기능까지 겸비한 프로그램을 개발하였다. 특히, 헷갈리는 문장을 입력하면 그에 대해 검사를 해주기 때문에 문장력도 키울 수 있다. 그 외 국립국어원에서도 정확한 맞춤법을 제공하고 있으므로 이를 이용해 보자.

부록

목적에 맞는 글쓰기 방법

우리는 살면서 많은 글을 쓴다. 영화나 책을 보고 감상문을 쓰고 여행을 다녀와 그 느낌과 여정을 글로 남기고 그것을 블로그와 SNS에 올린다. 또 특별한 날에는 일기를 쓰며, 취업을 위해서 자기소개서를 쓰며, 일상에서는 다양한 용도의 메일을 쓴다. 사람들은 자신의 생활이 글쓰기와는 거리가 멀다고 생각하지만 사실은 글쓰기와 긴밀하게 밀착되어 있다. 그것은 자신의 생각과 심경을 정리하는 사적인 것이기도 하고, 때로는 업무나 과제 제출과 같은 공적인 것이기도 하다. 전자는 자유롭게 써도 되겠지만, 후자는 목적에 맞게 씌어져야 한다. 사적인 글은 혼자만 간직하거나 시간이 지난 다음에 수정을 해도 되지만, 공적인 글은 말 그대로 공적인 관계를 목적으로 하는 글이므로 정확하게 써야 한다. 글쓰기와 밀접하게 연결되어 있는 우리의 생활을 떠올려 보면서 평소에 많이 활용되는 7가지 글쓰기 방법에 대해서 살펴본다.

· 자기소개서 ·

땀 냄새가 나야 한다

자기소개서는 개인의 이력을 나열하는 자서전이 아니라 자신의 강점과 능력을 적극적으로 홍보하는 글이다. 자신의 능력을 요약하고 압축하여 짧은 시간 안에 자신의 장점을 홍보하는 데 목적이 있다. 그러므로 '나는 어떤 사람인가'보다는 '나는 어떤 능력을 가진 사람인가'에 초점을 맞추어 기술해야 한다.

자기소개서는 다음 3요소가 중요하다. 'ETW', 즉 Experience(경험), Thinking(생각), Writing skill(문장력)이다. 3요소는 결코 단시간에 만들어지는 것이 아니다. 물론 내용을 기술적으로 쓴다면 가능하다. 그러나 자신의 미래가 걸린 중대한 사안이라는 점을 감안한다면, 자기소개서는 오랜 시간과 정성을 들여야 한다. 사실, 시중에는 자기소개서에 대한 책들이 넘치기 때문에 다양한 내용을 참조할 수 있다. 여기서는 인사담당자들이 선호하거나 궁금해 하는 내용을 중심으로 살펴보기로 한다. 인사담당자들의 입장에서 쓰는, 즉 '맞춤형' 자기소개서가 효과적이기 때문이다.

먼저, 땀 냄새 나는 자기소개서가 좋다. 인사 담당자들은 땀 냄새 나는 자기소개서, 즉 발로 뛰어서 쓴 글을 선호한다. 예를 들어, 그동안 기업이 일구어낸 성과와 기업의 방향과 목표, 혹은 인재상 등의 다양한 자료를 근거로 쓴 자기소개서를 좋아 한다. 직무와 연관된 경험도 마찬가지이다. 경험은 하루아침에 만들어지는 것이 아니므로 직무와 연관된 경험은 인사담당자들이 가장 선호하는 항목이다. 인사담당자들은 직무 경험(아르바이트나 인턴, 혹은 해외 경험 등)을 통해 지원자의 성실성과 간절함, 노력 등을 파악하기 때문에 여러 곳에서 경험한 바를 적극적으로 피력하여 자신의 능력을 보여주는 것이 좋다.

이 과정에서 자신이 인사담당자가 되어 질문을 던져보자. '왜 우리 회사에 지원했는지', '지원하기 위해 그동안 무엇을 준비해왔는지', '왜 해당 분야에 관심을 갖게 되었는지', '입사한 뒤에 어떤 일을 할 수 있는지' 등을 중심으로 자기소개서를 써 보자. 기업은 지원자들에게 그냥 월급을 주는 곳이 아니다. 기업의 목적은 이익 창출이다. '나'라는 사람을 데려다가 어떤 이익을 얼마만큼 낼 수 있는지가 관심거리다. 다시 말해 지원동기를 비롯해, 무엇을 잘 하고, 어떤 무기를 갖고 있는지 등 당신의 잠재력을 알고 싶다. 그러므로 지원자는 인사담당자의 입장이 되어 다양한 질문을 던져 보고 그 답변의 내용을 쓰자. 취업 선배들이 조언하는 자기소개서 작성법 중 하나가 내 기준이 아닌 '남의 기준'에서 써야 한다는 것도 기억할 필요가 있다.

이 때 문장을 신경 쓰자. 인사 담당자는 시간이 많지 않다. 수많은 지원자들의 자기소개서를 보아야 하므로 문장력이 좋지 않으면 바로 아웃이다. 간단명료하게 핵심만을 서술하고 문장의 군더더기를 없애야 한다. 주어와 서술어로 표현하는 단문 쓰기를 권한다. 그 외에도 자기소개서는 자신의 글이므로 1인칭 대명사를 쓰지 않도록 하자. 맞춤법, 띄어쓰기는 반드시 지켜야 한다. 맞춤법, 띄어쓰기를 대수롭지 않게 여기는 경우가 있는데, 자기소개서는 자신의 절박함과 간절함을 담은 글이다. 절박하고 간절하다는 것은 맞춤법, 띄어쓰기에서 적나라하게 드러난다. 한 편의 자기소개서에서는 마지막 온점까지도 꼼꼼히 보는 습관을 들이는 것이 중요하다.

그 외에도 각 항목마다 소제목을 써야 하며, 인사 담당자의 이해를 돕기 위해 첫째, 둘째와 같이 순서를 매기고, 내용을 구조화해서 쓰는 게 좋다. 자기소개서는 'One of them'이 아닌, 'Only one'의 정신을 담는 것이 무엇보다 필요하다.

다음은 자기소개서 쓰기 예문이다. 〈예시 1〉은 지원동기를 직무와 연관하여 쓴 글이며, 〈예시 2〉는 짧게 서술한 자기소개서 형식이다. 요즘은 〈예시 2〉처럼 기업의 홈페이지에 간단하게 답변하는 형식의 자기소개서가 많이 사용된다.

자기소개서 예시 1 지원 동기

패션쇼 구경은 오랜 취미입니다. 중3 때부터 어머님과 함께 패션쇼 구경을 100여 차례 다녔습니다. 독특한 패션 콘텐츠와 빠르게 변화하는 트렌드를 보여주는 패션쇼는 살아 있는 패션디자인 전문지였습니다. 패션쇼를 구경하면서 어머님은 패션 감각을 키우셨고, 저는 패션 디자이너의 꿈을 키웠습니다. 특히 5년 전 파격적인 실험을 선보인 A사의 '2017 봄/여름 패션위크'가 매우 인상적이었습니다. 건축 설계에만 사용했던 3D 프로그램을 처음으로 패션에 접목하였기 때문입니다. 앞서가는 A사의 컬렉션을 보면서 A사 입사를 간절히 꿈꿔왔습니다. 그동안 30여 권 분량의 패션 디자인을 스케치해왔습니다. 면접관님께 스케치북을 보여드리면서 A사에서 함께하고자 하는 포부를 말씀드리고 싶습니다.

자기소개서 예시 2 인생에서 기억나는 3가지 사례

패션 디자인 계열 회사 입사 지원서 Best & Worst

Best

1. 혼자 떠난 유럽 여행 중 강도 사건을 겪고 용서하는 법과 위기 대처 능력을 배움
2. 2014년 인천 아시안 게임 자원 봉사를 통해 국가에 대한 자긍심을 느낌
3. K사 2017 차세대 패션 디자이너상

* 자기소개서는 직무와 연관된 내용이 중요하다. 개인적인 희로애락은 삼가자. 물론 그 희로애락이 자신의 가치관과 인생관에 큰 변화를 주어서 직무에 도움이 되는 것은 써도 무방하다(Best 1번처럼.)

Worst

1. 지금 지원을 하고 있는 이 순간

2. 곧 결혼할 남자 친구를 만난 일

3. 할머니가 돌아가셨던 일

· 기획안 ·

짧고 강렬하게 유혹하자

기획안은 지정 주제 혹은 자유 주제에 대해 어떤 계획을 세우고 그것을 제안하는 형식의 글로, 제안에 따른 승인과 지원을 목적으로 한다. 지금까지 도입되지 않았던 새로운 제도, 제품 혹은 (업무)개선을 위한 구체적인 제안을 담기 때문에 기획안은 문제를 해결하는 과정을 정확히 보여주는 것이 핵심이다.

　　문제를 해결하기 위해서는 먼저 문제의 사안(현황)을 파악하고 그와 관련된 정보와 자료를 수집한다. 그런 다음, 수집된 정보와 자료를 다양한 관점에서 분석하고 정리하여 해결방법을 제시한다. 그리고 해결을 위한 구체적인 실행 계획을 세우는 과정으로 나아간다.

문제 현황 파악　　　자료 수집 및 분석　　　구체적인
실행 계획 수립

기획안의 종류는 다양하다. 예를 들어 교육기획안, 홍보기획안, 사업기획안 등 다양한 종류가 있다. 교육기획은 교육 안건에 대한 개선이나 문제점을 해결하기 위해 구체적인 방안을 모색하거나 방향을 제시한다. 제안 내용은 (주최)기관에서 정해준 항목에 맞춰 작성하는 것이 좋고, 만약 정해지지 않았다면 제안을 실행할 수 있는 구체적 방안을 부각시켜 문서화하는 것이 효과적이다. 그리고 홍보기획은 제품의 홍보를 비롯해 이벤트 행사 계획 등 홍보 전반에 대한 계획서이다. 홍보기획안은 홍보 목적을 달성하기 위한 체계적인 계획이 수립되어야 한다. 홍보를 하기 위한 장·단기적 계획은 물론 홍보에 이용할 매체와 장소, 방법, 그에 따른 예산 등을 구체적으로 작성해야 한다. 또한 사업기획안은 차후 운영하고자 하는 사업에 관한 구체적 내용을 기재하는 문서이다. 사업기획안은 사업에 필요한 운영자금을 투자기관이나 정부 기관으로부터 투자를 받는 것이 목적이다. 따라서 사업 방향을 비롯해 철저한 시장 환경, 현황 조사 등의 면밀한 분석이 필요하다. 즉, 사업 전개 방안과 계획은 물론 자금 운용과 조달 계획 등을 기재하여 사업 운영의 타당성과 투명성을 설득력 있게 제시하여야 한다.

그 외에도 기획안은 새로운 것을 시행하거나 개선하는데 모든 부분에 활용되기 때문에 그에 대한 작성 요령을 알아두면 요긴하게 활용할 수 있다.

기획안은 격식에 맞도록 구성하여 구체적인 실행 방안을 통해 개선하고 기존의 안보다 효과적인 성과를 거두려는 데 목적이 있다. 이를 위해 기획안은 그에 맞는 형식을 갖추어야 한다. 기획안은 대체로 육하원칙이 아닌, 팔하원칙을 많이 사용한다. 다음은 팔하원칙으로 구성된 기획안 형식이다.

	기획안의 형식	
1	When	언제 어떤 일정으로 실행할 것인가(타이밍, 기간)
2	Where	어디서 실시할 것인가(지리적·자연적인 환경 및 장소)
3	What	무엇을 하려 하는가(기획의 주제 및 내용)
4	Why	왜 이 기획을 입안하는가(의도·이유·배경)
5	Who	누가 실시하는가(실행자 및 관련자)
6	How	어떻게 이 기획을 추진하려 하는가(방법·절차·도구)
7	How many	수량은 얼마나 되는가(건수 및 분량)
8	How much	비용은 얼마나 들고 얼마나 벌 수 있는가(예산 및 손익계산)

- 윤영돈, 『기획서 제안서 쓰기』, 랜덤하우스, 2008, 36-37면

　즉, 언제, 어디서 실행할 것인지, 실행하는 목적과 내용이 무엇인지가 들어 있어야 한다. 또한 어떤 절차와 방법으로 추진할 것이며, 그것을 실행하기 위해 소요되는 예산은 얼마인지 등 구체적인 방안이 제시되어야 한다. 기획안은 1장 정도의 분량으로 담아내는 것이 효과적이다. 기획안의 가치는 한눈으로 봐서 전체 그림이 그려지는 것이다. 'Simple is the best'라는 말처럼, 단순한 것이 가장 좋은 것이다. 양이 아닌 질로 승부하는 것이 기획안이다.

　기획안을 효과적으로 설득하기 위해서는 치밀한 기획과 새로운 구상 및 제안, 구체적인 실행 방안이 있어야 한다. 이를 위해 다음과

같은 구체적 기획안 작성 요령이 필요하다.

먼저, 매력적인 제목이어야 하다. 상대의(주최측) 마음과 눈길을 사로잡을 수 있는 마력을 담은 제목이 좋다. 본 내용이 일반 파일이라면, 제목은 압축 파일이라 할 수 있다. 그리고 논리적이고 짜임새 있는 목차를 구성하여야 한다. 특히, 본 내용을 부각시킬 수 있는 시각적인 요소를 고려하자. 핵심 내용을 강조하기 위해 글자체, 크기, 색깔과 중요한 부분의 밑줄 긋기 등을 활용하자. 문서는 평면적이지만 그것을 입체적으로 표현하는 것이 시각적인 요소이다. 기획안에서 시각적인 요소를 활용하면 자신의 글을 보다 선명하게 전달하고 설득하는 효과가 있다. 상황에 따라 표, 그림, 통계치 등을 첨부파일에 삽입하는 것도 추천한다. 결국 기획안의 효과를 극대화하기 위해서는 참신한 구상과 시선을 사로잡을 수 있는 시각적인 요소 등을 고려하여야 한다.

기획안 예시 글쓰기 클리닉 센터 신설에 대한 제안

1. 현황 및 문제점

1) 학생들이 글쓰기의 어려움 호소

- 글쓰기 강의는 공통 교양이기 때문에 개인 편차가 심함

- 학생들의 과제 제출 어려움 호소

2) 대학 글쓰기의 기본 원리와 이해가 없음

3) 교수자들의 과제 제출(리포트, 에세이 등)에 대해 학생들이 어

려워함

    4) 전문적 글쓰기(공모전)를 필요로 하는 학생들이 지도받을 곳이 없음

2. 문제 해결을 위한 제안

교수학습지원센터 내에 글쓰기 클리닉 상담실을 설치하고, 학생들의 글쓰기 지도 및 첨삭지도

    1) 전문화된 글쓰기 지도 및 첨삭 지도를 1:1로 제공

    2) 리포트, 보고서, 서술형 시험 답안 작성, 자기소개서, 에세이 등 지도

    3) 어려운 사항이나 문의에 대한 정보를 데이터화하여, 글쓰기 강의의 기초 자료로 활용

    4) 글쓰기 실력을 평균화하여 타 수업의 흥미 진작 도모

3. 실행방법

    1) 구성: 전문 연구원 2명(A, B)

    2) 운영 장소: OO관 OO호

    3) 운영 기간: 2017. 9. 1 ~ 12. 31

    4) 운영 시간: 센터 상담

        (A) 월~금 오전 9시~오전 11시 50분

        (B) 월~금 오후 2시~4시 50분

        (C) 온라인 상담; 항시 가능

    5) 시스템: 센터 방문 상담 및 온라인 상담 신청

교수학습지원센터 홈페이지 ▷ 학습지원 ▷

글쓰기 클리닉 ▷ 오프라인, 온라인 선택 신청

6) PR: 학교 홈페이지 및 게시판에 홍보

4. 비용

첨부파일 참조

· 보고서 ·

논리성과 체계성이 생명이다

보고서는 어떤 주제에 대하여 연구하거나 실험, 관찰한 결과를 논리와 체계를 갖추어 보고하는 글이다. 대학생에게는 리포트라고 불리는데, 대학 시절의 보고서는 배운 것을 정리하는 첫 단계에 해당한다. 보고서의 목적은 주어진 문제에 대하여 스스로 논리적인 해결방안을 찾아나가도록 하는 것이다. 이를 위해서는 논리와 체계를 갖추어야 한다. 문학적 글쓰기는 개인의 재능에 따라 빛이 나지만, 보고서는 개인의 성실함에 따라 승패가 결정된다. 보고서는 다양한 자료를 보고 분석하고 그것을 기반으로 참신하고 독창적인 주제를 찾아내야 한다. 수많은 자료를 본다는 것, 그를 면밀히 들여다본다는 것, 그리고 새로운 것을 찾아낸다는 것은 결국 성실함과 연결된다.

보고서는 논리적이고 체계적인 구성이 생명이다. 이를 위해서는 기본적인 절차에 따라 진행하는 것이 바람직하다. 여기서 특히 중요한 것은 주제 선택이다. 주제는 연구할 가치가 있으며 자신이 관심을 갖고 있는 것을 선정하여야 한다. 본인이 흥미 있는 주제를 선택해야 독창적이고 참신한 주제를 찾을 수 있으며, 나아가 보고서의 질적인 측면을 도모할 수 있다.

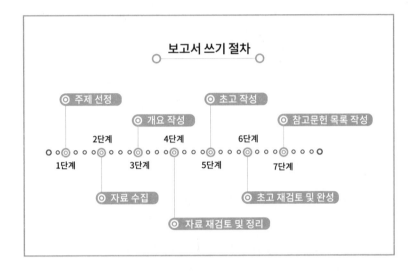

보고서를 쓰기 위해서는 무엇보다 구성이 중요하다. 한 편의 보고서를 쓴다는 것은 그리 간단한 일이 아니다. 그러므로 보고서를 쓰기 전에 미리 개요를 짜고 이를 바탕으로 논의를 전개하면 효과적이다. 다음 내용을 중심으로 한 편의 보고서를 작성할 수 있다.

보고서 쓰기	
목차	- 전체 구성 보여주기 - 글 내용 파악을 위해 논리적으로 구성
서론	- 글 전개 방향 제시 - 연구 목적 - 선행 연구 검토 - 연구 대상 및 방법, 범위 제시
본론	- 연구 대상의 기본 틀 이해(사회, 문화사적 배경) - 연구 대상에 대한 조사, 분석 결과 제시 - 대상에 대한 평가
결론	- 연구 결과 요약 - 보고서의 의의 및 한계
참고문헌	- 인용한 글 혹은 참고 도서 출처 명기

다음은 '청소년의 비속어 사용 실태와 해결 방안'을 주제로 한 보고서 예시이다.

보고서 목차 예시 청소년의 비속어 사용 실태와 해결 방안
- 수도권을 중심으로

Ⅰ. 서론

　1. 문제 제기

　2. 비속어의 개념

　3. 대상 범위와 방법 제시

Ⅱ. 비속어 사용의 원인

· 칼럼 ·

부드럽고 자유롭게 접근하자

칼럼은 신문과 잡지들이 시사적인 문제나 사회 현상에 대해 의견을 개진한 글로, 시론 혹은 시평이라고도 한다. 지면의 성격과 주제에 따라 다소 차이는 있지만, 논리적이고 딱딱한 사설과는 달리 문장과 표현이 부드러운 글이다.

칼럼은 시사, 사회, 풍속 등에 관하여 짧게 평을 하는 것이지만 특정 전문가나 기명의 칼럼니스트들이 기고하기 때문에 깊이 있는 내용을 쉽게 이해할 수 있는 이점이 있다. 또한 글쓴이의 주관을 개성적으로 자유롭게 드러낼 수 있는 장점은 물론 글의 내용에서 일화가 인용되기 때문에 독자들의 흥미를 끌 수 있다. 이는 역으로 말하면 칼럼 쓰기가 그리 어렵지 않다는 뜻이다. 즉, 어떠한 문제에 대해 자신의 생각을 자유롭게 밝히는 글이기 때문에 지면만 허락된다면 쉽게 쓸 수 있는 글이 칼럼이다.

한 신문사는 칼럼의 이런 성격을 적극 활용하고 있다. 〈중앙일보〉는 토요일 '오피니언란'에 격주로 〈대학생 칼럼〉을 게시한다. 대학생, 대학원생, 취업준비생 등 젊은층이 페이스북에 글을 올리면 당사

논설위원이 심사를 해서 선정하고 수록한다. 자신의 취업 분야와 관련이 있거나 글쓰기에 관심 있는 사람은 다음을 눈여겨보면 좋을 듯하다.

칼럼은 글의 분량도 그리 길지 않아서 부담감도 많지 않다. 다른 글과 달리 자신의 전문분야 혹은 관심 분야를 소재로 자유롭게 쓸 수 있기 때문에 상대적으로 접근이 쉽다. 형식은 서론, 본론, 결론 등 삼단 구성을 기본으로 하여, 인용과 사안에 대한 평가 그리고 의견과 주장 등을 적절히 삽입해서 작성하면 된다.

칼럼 쓰기	
서론	- 배경 설명, 문제 제기, 문제에 대한 자신의 관점 제시 - 칼럼 주제의 배경 설명 구체화
본론	- 각 단락은 주제문 - 논증 - 정리로 구성 - 주제문은 칼럼의 전체 주제를 세부 주제로 나누어서 전개 - 논증은 주제문의 세부 주제에 대한 근거 제시 - 핵심 재정리로 마무리
결론	- 칼럼의 전체 주제와 본문의 결론을 간명하게 제공 - 주제와 관련된 전망 제시

　　칼럼은 논술과 수필의 중간 형태로, 지나치게 논리적이거나 분명하지 않은 논지는 삼가야 한다. 칼럼을 쓸 때는 다음 사항을 유념하자.

1. 삼단(서론-본론-결론) 구성을 취하자.
2. 독자가 접근하기 쉬운 용어를 사용하자.
3. 문체는 화려하지 않고 건조하지 않은 중간 형태로 하자.
4. 간결한 문장을 사용하자.
5. 독자들의 공감을 얻기 위해 적절한 인용을 하자.
6. 일화나 인용을 할 때는 글쓴이의 생각과 분명하게 구분하자.
7. 사례는 독자들이 공감할 수 있게 객관화하자.

칼럼 예시　'엄마'의 성공 비결

　　지난 한주 미국 사회에서 가장 화제가 된 것은 페이스북 최고운영 책임자 COO 셰릴 샌드버그의 남편 데이브 골드버그의 죽음이었다. 하이텍 분야의 성공적 기업가였던 그가 47세의 젊은 나이에 갑자기 세상을 떠났다. 돈과 명예, 사랑 … 어느 하나 부족할 게 없던 부부에게 생각지도 못한 비극이 닥쳤다.

　　부부는 멕시코의 한 휴양지에서 가족휴가 중이었다고 한다. 도착 다음날인 지난 1일 골드버그는 혼자 운동을 하러 나갔다가 트레드밀에서 미끄러져 머리를 세게 부딪치면서 과다출혈로 사망했다. 곁에 아무도 없어서 쓰러진 채 장시간 방치된 것이 사망에 이르게 된 결정적 원인으로 보인다.

　　그의 사망을 계기로 이들 부부의 삶에 스포트라이트가 비춰졌는데 가장 눈길을 끈 것은 부부간 평등이었다. 샌드버그와 골드버그는 실리콘밸리에서 평등

부부의 모델이었다. 여론조사 기업인 서베이몽키의 최고경영자CEO인 그는 경영능력 뛰어나고 사람 좋은 데다 양성평등 의식이 확고하기로 유명했다. 이 시대의 대표적 남성 페미니스트라고 불릴 정도였다.

여성이 차별받지 않고 자기 능력을 최대한 발휘할 수 있어야 한다고 믿은 그는 그 믿음을 회사에서도 집에서도 실천했다. 그 증거가 바로 아내이다.

남성 독무대라고 할 수 있는 실리콘밸리에서 여성인 샌드버그가 최정상까지 올라갈 수 있었던 데는 남편의 전폭적 지원과 공평한 가사분담이 절대적인 힘이 되었다. 지난 2013년 발간한 베스트셀러 '린 인'에서 샌드버그는 책을 부모와 남편에게 헌정하면서 '모든 것을 가능하게 해준' 남편에게 감사한다고 했다.

부부 평등의 열쇠는 남편이 쥐고 있는 것이 아직까지는 현실이다.

21세기에 아직도 남녀평등을 문제 삼느냐고 말할 사람들이 있다. 능력만 있으면 여성이라고 못할 일은 없다. 남성에 비해 불리할 수는 있지만 불가능한 것은 아니다. 하지만 여성이 결혼을 하고 자녀를 낳으면 상황은 달라진다. 아무리 좋은 일자리 제안이 있어도 직장이 타주에 있고 배우자가 이사를 원하지 않으면 '아내'는 포기할 수밖에 없다. 아무리 중요한 계약 건이 있어도 아이가 아프고 돌봐줄 사람이 없으면 '엄마'는 계약을 포기할 수밖에 없다.

'아내' 특히 '엄마'가 사회적 성공을 거두려면 능력은 필요조건에 불과하다.

가사와 육아를 기꺼이 '내 일'로 여기며 분담하는 남편이 있을 때 비로소 성공가능성은 열린다.

골드버그와 샌드버그는 동등한 파트너로서 집안일을 하고 아이들을 돌보았다고 한다. 부부는 매일 저녁 5시30분이면 퇴근해 아이들과 식사를 하며 저녁시간을 보낸 후 다시 일을 했고, 아내가 출장을 갈 때면 남편은 미리 스케줄을 조정해 아이들을 돌보았다.

샌드버그가 여자대학 졸업식 연설에서 "커리어와 관련해 가장 중요한 결정은 누구와 결혼하느냐 이다"라고 말한 것은 그의 체험을 담은 '간증'이다. 구체적으로 "책임 분담을 중시하는 남자, 동등한 파트너를 원하는 남자, 여성이 똑똑하고 자기의견이 분명하며 야심이 있어야 한다고 믿는 남자, 공평함을 중시해서 집안일을 나서서 같이 하는 남자"이다.

물론 그런 남자는 많지 않다. 머리로는 평등을 믿어도 몸이 움직여주지 않는 남자들이 대부분이다. 집안일은 여자 일이라는 인식이 남아 있는 데다 설거지 하나라도 안 할 수 있으면 안 하고 싶은 것이 사람 마음이기 때문이다. 돈 많은 샌드버그 부부는 보모며 가정부를 고용해 일을 덜었겠지만 일반 가정에서 부부가 맞벌이 하며 아이들 키우는 것은 보통 고된일이 아니다. 30대 중반의 한인 여성은 '아침마다 전쟁'이라고 말한다.

"아이들 둘 깨워 씻기고 옷 입히고 아침먹이고, 가방 챙겨 학교 보내려면 말 그대로 전쟁이에요. 그나마 남편이 아이들을 학교에 데려다 주어서 숨을 돌리지요. 그때부터 다시 서둘러 출근 준비하고 나와야 겨우 지각을 면하니 매일 스트레스가 이만 저만이 아니에요."

그리고 퇴근하면 싱크대에 가득 쌓인 아침 설거지, 저녁준비, 아이들 숙제 검사, 아이들 씻겨 재우기 … 일은 끝도 없는데, 남편은 툭하면 회식이라며 늦게 들어온다고 그는 말한다. "똑같이 직장일 하는데 … 너무 불공평하다"는 불만은 배우자 부정 다음으로 부부 관계를 해치는 요소가 된다고 한다. 자잘한 문제들이 수시로 갈등을 불러일으키기 때문이다.

어머니날에 남편들은 '엄마'인 아내를 한번 바라보기 바란다. 결혼 전 그 똑똑하고 장래가 촉망되던 여성은 지금 어떻게 변해 있는가. 아내가 성공적 '엄마'이자 성공적 '직장인'으로 두 개의 열매를 거머쥘 열쇠는 남편이 쥐고 있다. 공평한 가사분담이 시작이다. 여성은 남편을 잘 만나야 성공할 수 있다면, 왜 그런 남편이 돼주지 않는가.

- 권정희, 〈미주 한국일보〉, 2015.5.9.

의미와 가치 평가가 중요하다

비평문은 문화 텍스트를 감상하고 이해 한 다음, 그에 대해 해석하고 비평하는 글이다. 여기서 텍스트는 영화를 비롯하여 TV 드라마, 라디오 프로그램, 신문, 연극, 스포츠, 대중가요뿐만 아니라 컴퓨터 게임, 광고 등 매우 광범위하다. 또한 특정한 이데올로기나 대중문화 현상 등도 비평(문)의 대상이 될 수 있다. 특히 최근에는 컴퓨터와 인터넷의 발달로 인해 디지털 문화, 온라인 문화, 모바일 문화가 대중문화의 중요한 영역으로 부상했다. 온라인과 모바일 등 통신망을 통한 문화 유통의 비중이 커지면서 산업 구조가 달라졌고 그와 함께 대중의 일상적인 문화 수용과 소비 방식도 크게 변했다. 다시 말해 대중문화는 과거의 부정적인 의미와 달리 보다 많은 사람들이 즐기는 문화로 자리 잡았다는 점에서 대중문화 비평은 동시대를 읽는 중요한 자료라고 할 수 있다. 비평문 쓰기는 (대중)문화 현상을 접하는 소비이자 동시에 새로운 문화를 창조하는 생산 활동이기도 하다.

비평문에서 가장 중요한 점은 글쓴이의 창의적이고 개성적인 논점이다. 텍스트에 대한 자신의 느낌이나 생각을 정확하게 이해하고 정리한 후, 그것을 수렴하여 자신만의 독창적인 논점으로 정립하는 것이 무엇보다 중요하다. 사실 한 작품을 정의하고 가치를 분석하고 의미를 평가·전달하는 것은 그리 쉬운 일이 아니다. 특히 비평문은 사회 문화 현상을 대상으로 하는 것이므로 유행과 시대 흐름을 읽어 내는 통찰력을 필요로 하기 때문에 더욱 어렵다. 이를 위해서는 많이 보고 많이 생각하는 수밖에 없는데, 비평문을 좀 더 쉽게 쓰기 위해서 다음의 과정을 떠올리면서 시작하면 도움이 될 것이다.

영화 비평문 쓰기	
보기 전	- 영화감독의 이전 작품 경향은 어떠하였는가? - 영화 제목을 보고 작품 내용을 상상해 보자. - 영화 창작 의도는 무엇일까?
보는 중	- 가장 인상적인 장면은 어떤 부분이며 그 이유는 무엇인가? - 사실적으로 묘사된 부분 혹은 개연성이 적은 부분은 어디인가? - 음향 효과, 촬영 기법, 구조 등이 주제를 부각시키는 데 어떻게 기여하는가?
보고 난 후	- 영화의 새로움은 무엇인가? - 영화가 나의 가치관이나 세계관에 어떤 변화를 야기했는가? - 영화의 주제와 유사한 다른 작품은 어떤 것이 있는가?

* 영화를 보기 전과 보는 중, 보고 난 후의 순차적 과정이지만,
상황에 따라 유연하게 참조할 수 있다.

비평문에서 중요한 것은 비난과 비판이 아니라, 작품에 대한 의미와 가치를 기반으로 한 올바른 평가이다. 일차적으로 전달 매체의

특성을 충분히 고려해야 한다. 매체의 특성에 따라 대상을 이해하고 분석해야 한다는 말이다. 소설을 영화화하면 소설은 영화라는 매체의 특성을 따라야 한다. 소설을 분석하는 '문학 비평'과는 달리 '영화 비평'은 영상을 비롯한 연출과 촬영 기법, 구도 등을 분석 대상으로 해야 한다.

그리고 작품이 창작된 사회·문화적 맥락에 근거하여 작품의 의의를 검토해야 한다. 특히 문화 텍스트는 그것이 창작되고 소통되는 사회·문화적 환경과 깊은 관련을 맺는다. 때문에 사회·문화적 환경을 살피지 않고 작품의 의미와 시사적 의의를 포착할 수 없다. 따라서 작품에 대한 일방적인 감상이나 비판, 비난이 아니라 작품이 창작된 사회·문화적 맥락에 근거한 작품의 의의를 발견하는 것이 바람직하다.

그 외에도 작품 혹은 대상에 대해 꼼꼼하게 읽고 의미를 포착하여야 한다. 작품의 이해를 돕는 주제와 관련한 핵심 내용을 소개하거나 인상적인 장면 등을 기술하는 것이 좋다. 그러므로 감상자가 중요하다고 생각한 부분을 중점적으로 구성하는 것이 필요하다. 비평문은 자신의 견해를 논리적으로 전개해서 읽는 사람의 공감을 불러일으키거나 자신의 평가에 동의하게 하는 글이기 때문이다.

비평문 쓰기	
처음	- 비평 대상을 선택하게 된 동기 - 주제 제시
중간	- 대상에 대한 일반적 견해 - 대상에 대한 이해를 돕는 사회적·문화적 배경 - 인상적인 부분 환기와 그에 대한 해석 - 대상에 대한 의미와 평가
끝	- 사회문화적 맥락에서 대상이 지니는 의의 - 한계와 전망에 대한 의견

* 매체와 대상의 맥락에 따라 유연하게 참조할 수 있다.

비평문 예시 먹방과 서사적 발효의 시간

TV를 켜면 여기저기 먹는 사람들이다. 먹는 방송, 이른바 '먹방'
이 대세인 것이다. 물론 먹방이 방송의 주요 구성물이 된 것은 최근의
일만은 아니다. 퇴근 무렵 방송되는 저녁 방송에는 맛집 소개가 꼭 끼
어 있다. 매일 소개되는 맛집이 각 채널당 두세 개를 넘다보니 우리나
라에 이렇게 많은 맛집이 있구나 새삼스럽기도 하다. 그런데 최근의
먹방은 이렇듯 조금 단순한 식당 소개를 넘어섰다. VJ가 카메라를 들
고 식당에 가 맛있게 먹는 일반 시민을 찍던 방식에서 벗어나 유명인
이 음식을 만들고 맛보고 그 맛을 표현하는 시스템으로 바뀐 것이다.
〈삼시세끼〉〈냉장고를 부탁해〉〈내일 뭐먹지〉 등의 방송들이 아마 여

기에 속할 듯싶다.

의식주라는 말이 암시하듯, 먹는 것은 인류의 삶에서 무척 중요한 행위이다. 그것은 본능이기도 하지만 특정한 공간과 시간을 입고 나면 문화가 된다. 동물이라면 누구나 다 먹어야 하지만 각 문화권에 따라 먹는 음식과 방식이 달라지기 때문이다. 이쯤 되면 먹는 것, 음식은 삶의 일부이자 반영이라고 할 수 있다. 음식 영화와 먹는 방송이 구분되는 기준점이 바로 이 삶과 문화라고 할 수 있다.

대표적인 음식 영화라면 이안 감독의 〈음식남녀〉라고 할 수 있다. 이제는 할리우드의 대표 감독 중 한 명이 된 이안이 아직 대만에서 활동하던 시절 만든 이 영화는 중국 하면 떠오르는 '중식'의 세계에서 출발한다. 영화가 시작되면, 화려한 대만 음식들이 화면을 채운다. 동파육이 될 돼지고기 삼겹살이 찜통에서 모락모락 익어가고, 큰 오리의 주둥이에 바람을 불어 배를 빵빵하게 채우는 조리 과정도 등장한다. 여러 가지 소를 넣어 만드는 딤섬, 뜨거운 불에 단숨에 볶아내는 야채 등이 빠른 손놀림의 요리사를 거쳐 맛깔나는 영상으로 거듭난다.

〈음식남녀〉에서 '음식'은 '남녀'보다 먼저 등장하지만 이야기는 결국 '남녀', 즉 사람의 서사로 마무리된다. 영화는 대만의 유명 호텔 주방장인 아버지와 세 딸의 이야기다. 아버지와 딸이라는 설정에서 짐작하다시피 〈음식남녀〉는 전통 음식을 통해 세대 간의 갈등과 충돌, 달라진 문화를 보여준다. 아버지는 일주일에 한 번 만찬을 베풀어 자녀들과 함께하고 싶지만 그마저도 점점 힘들어진다. 패스트푸드로 한 끼 때우면 되는 딸들에게, 이런 음식은 거북하다. 일주일 한 번의 만찬을 통해 서로 얼굴을 보고자 하는 아버지의 뜻도 버겁다. 각자 자신의 고민들이 가장 크다고 생각하는 것이다.

　이안 감독은 붕괴되는 대만의 전통을 영화화하면서 두각을 드러냈다. 〈결혼피로연〉〈쿵후선생〉과 같은 작품에서처럼 〈음식남녀〉에서 '음식'은 단순히 식욕을 자극하는 자재가 아니라 가족, 문화, 변화를 드러내는 예민한 소재로 쓰인다. 이렇게 사람과 사람 사이를 다룰 때 비로소 음식은 요리된다. 요리가 중요한 소재로 등장하는 다른 영화 〈아이 엠 러브〉〈달콤 쌉싸름한 초콜릿〉〈줄리 앤 줄리아〉 등의 영화에서도 음식은 단순히 식욕을 자극하는 데 멈추지 않는다. 요리는 인간관계 속에서 매듭을 맺고 요리 서사로 완성된다.

　최근 개봉했던 영화 〈아메리칸 셰프〉에서도 그렇다. 유명 레스토랑의 셰프였던 칼 캐스퍼는 유명 음식평론가의 혹평에 맞서다 직장을 잃게 된다. 문제는 그 평론가의 말이 크게 잘못된 게 아니라는 점이다. 유명 셰프로 이름을 얻게 된 이후 캐스퍼의 음식은 대중적 입맛을 맞추는 데 멈춰버린다. 사람들에게 잘 팔리는 음식만 만들 뿐 새로운 도전이나 연구는 전혀 하지 않는다. 어쩌면 너무나 잘 알고 있던 요리사로서의 태만을 평론가가 건드렸기에 캐스퍼는 더욱 화가 났을지도 모른다. 숨기고 싶었던 속내를 들킨 것처럼 말이다.

　요리를 돈벌이로만 생각하는 캐스퍼의 삶도 요리와 다르지 않다. 아들과의 약속은 잊기 마련이고 대단한 자극도 없으면서 불륜을 벗어나지 못한다. 그런 그가 아들과 함께 새로운 삶을 푸드트럭에서 시작한다. 돈만 버는 뻔한 음식이 아니라 열정이 담긴 소박한 음식으로 새 출발을 시도하는 것이다. 〈아메리칸 셰프〉의 감독이자 주연은 영화 〈아이언맨〉의 감독 존 파브로이다. 어떤 점에서 그의 요리 이야기는 그의 영화 이야기와 닮아 있다.

그런데 우리 영화 가운데서는 딱 떠오르는 음식 영화가 없다. 물론 음식을 소재로 한 영화가 있긴 하다. 하지만 음식과 삶이 긴밀하게 연결된 작품은 거의 없다는 의미다. 음식을 소재로 경쟁하고, 음식을 소재로 승리하는 주인공, 음식으로 복수하는 인물들은 있지만 음식을 거쳐 속 깊은 삶의 이치를 서사화한 작품은 드물다. 음식을 보여주며 식욕을 자극하는 이미지는 있지만 요리를 통해 삶을 반영하는 드라마는 찾아보기 힘든 것이다.

훌륭한 요리 영화는 결국 삶에 대한 깊이 있는 시각에서 마련된다. 〈아웃 오브 아프리카〉를 쓰기도 한, 이자크 디네센의 〈바베트의 만찬〉은 삶을 꿰뚫는 존재론적 성찰을 보여주는 수작이다. 영화화되기도 한 이 작품에서 '만찬'은 화려하고 풍요롭고 사치스럽지만 한편 무척 신성하고 소박하기도 하다. 평생을 절제하며 살아가는 사람들에게 베푸는 화려한 프랑스식 만찬은 삶의 그늘에 온기를 준다.

발효는 학습이 필요한 후천적 음식이다. 중국인에게 맛있는 취두부가 우리에게는 역하고, 우리에겐 기가 차도록 맛있는 신 김치가 다른 문화권의 사람들에겐 상한 음식으로 여겨지는 이유이기도 하다. 음식이 요리가 되고 요리가 철학이 되기까지는 발효의 시간이 필요하다. 잘 발효된 한국의 요리 영화가 나오길 기대해 본다.

— 강유정, 〈경향신문〉, 2015.3.1.

나만의 스토리로 승부 걸어라

에세이는 우리말로 번역 하면 수필이다. 수필은 무형식이 형식이라는 특징을 갖고 있어서 많은 사람들이 부담 없이 쓴다. 그러나 에세이가 수필과 같다고 해서 그 형식 역시 같은 것은 아니다. 보고 듣고 체험한 것을 바탕으로 자유롭게 쓴다는 점은 같지만, 무형식인 수필과 달리 에세이는 특정 주제에 대해 형식을 갖추어서 써야 한다.

에세이에서 중요한 사항은 비록 경험이나 사건에 관한 이야기라도 하나의 핵심 또는 요지가 있어야 한다는 점이다. 자신의 경험만을 나열하는 것이 아니라 그 글을 통해 읽는 이와 함께 공유하고 살펴볼 만한 유의미한 내용이 담겨 있어야 한다. 논문의 평가는 독창적이고 참신한 발상의 주제와 주장하는 바가 논리적이고 설득적인가에 있다. 반면 작문은 생각의 깊이와 창조적 글쓰기 능력을 평가 기준으로 한다. 따라서 작문인 에세이는 그 주제에 대해 생각의 깊이를 담고 메시지를 던져야 한다.

에세이 역시 목적에 맞게 써야 한다. 감성 에세이는 보고 듣고 경험한 바를 알리고 공유하면 된다. 책, 영화, 그림, 공연, 음악, 여행

등 무엇이든 자유롭게 선택하고 자유롭게 표현하면 된다. 반면 취업 관련 에세이는 그런 감성적 에세이와는 다르다. 감성 에세이는 개인의 경험과 생각을 쓰면 되지만, 취업 관련 에세이는 경험을 서술하는 데만 그쳐서는 안 된다. 신변잡기적인 개인의 경험담보다 좀 더 보편적인 사례를 제시하는 것이 바람직하다. 또한 직무와 연관되는 경험을 통해 강조하고 싶은 메시지가 있어야 한다. 그 경험을 통해서 구체적으로 자신의 역량을 드러내는 것이 중요하다.

최근 들어 취업 시, 에세이 쓰기를 하는 기업들이 늘어나고 있다. 모 기업은 이공계열 지원자들에게도 에세이를 쓰기를 한다. 이 기업은 몇 년 전부터 '역사 에세이' 쓰기를 하고 있는데, '해당 사건의 내용을 쓰고 그것을 현실에 어떻게 적용시킬 수 있을지'를 물었다. 글쓰기가 익숙지 않은 이공계열 지원자들을 대상으로 하여 에세이 쓰기를 한다는 것은 개인의 역사관은 물론 기본적인 글쓰기를 테스트하는 것이다.

글쓰기와는 거리가 멀 것 같은 이공계열 전공자들도 글쓰기가 필요한 것이 이 시대가 바라는 인재상이다. 에세이도 목적과 주제에 맞게, 즉 맞춤형으로 써야 하는 시대이다. 결국 감성 에세이는 감성을 중심으로 쓰고 취업 관련 에세이는 직무와 연관된 내용을 중심으로 써야 한다. 취업 관련 에세이는 신변잡기적인 경험을 풀어쓰는 글쓰기가 아니라는 점을 명심하자.

나는 물을 보고 있다.

물은 아름답게 흘러간다.

흙 속에서 스며 나와 흙 위에 흐르는 물, 그러나 흙물이 아니요 정한 유리그릇에 담긴 듯 진공 같은 물, 그런 물이 풀잎을 스치며 조각돌에 잔물결을 일으키며 푸른 하늘 아래에 즐겁게 노래하며 흘러가고 있다.

물은 아름답다. 흐르는 모양, 흐르는 소리도 아름답거니와 생각하면, 이의 맑은 덕, 남의 더러움을 씻어는 줄지언정, 남을 더럽힐 줄 모르는 어진 덕이 이에게 있는 것이다. 이를 대할 때 얼마나 마음을 맑힐 수 있고 이를 사귈 때 얼마나 몸을 깨끗이 할 수 있는 것인가!

물은 보면 즐겁기도 하다. 이에겐 언제든지 커다란 즐거움이 있다. 여울을 만나 노래할 수 있는 것만 이의 즐거움은 아니다. 산과 산으로 가로막되 덤비는 일 없이 고요한 그래도 고이고 고이어 나중 날 넘쳐흘러가는 그 유유무언悠悠無言의 낙관, 얼마나 큰 즐거움인가! 독에 퍼넣으면 독 속에서, 땅 속에 좁은 철관에 몰아넣으면 몰아넣는 그대로 능인자안能忍自安 한다.

물은 성스럽다. 무심히 흐르되 어별魚鼈이 이의 품에 살고 논, 밭, 과수원이 이 무심한 이로 인해 윤택하다.

물의 덕을 힘입지 않는 생물이 무엇인가!

아름다운 물, 기쁜 물, 고마운 물, 지자智者 노자老子는 일찍 상선약수上善若水라 하였다.　　　　　　　　　　— 이태준, 『무서록』에서

· 이메일 ·

경제적이고 효과적으로 쓰자

이메일e-mail은 전자우편이다. 컴퓨터 통신이 발달되기 전에 우리는 대개 편지를 썼다. 이전의 편지가 지금의 이메일인 것이다. 이메일은 공적인 업무를 하는 데 있어서 주요한 통신수단이다. 예를 들어 대학에서는 과제를 메일로 제출하거나 교수님께 질문 혹은 성적을 문의할 때 이메일을 사용한다. 또한 대학을 졸업하면 업무와 관련하여 이메일을 쓰게 된다. 이들은 모두 공적인 것으로, 보다 효과적으로 메일을 써야 메시지를 정확하게 전달할 수 있다.

공적인 이메일은 내용이 분명하지 않고 두서없이 쓰게 되면 자신의 이미지를 한 순간에 잃게 되기 때문에 중요한 글이다. 따라서 이메일 쓰기 방법을 익혀둔다면 사적 업무는 물론 공적 업무에서 유용하게 활용할 수 있다. 사실, 이메일은 받는 사람을 중심으로 쓰는 것이 가장 효과적이다. 바쁜 상대방을 배려하여 요점만 간단명료하게 써야 한다. 이는 아주 가까운 사이에서도 마찬가지이다. 이메일을 쓸 때 혹은 쓰고 난 후 내용에 대해 점검하는 습관을 들이도록 하자.

이메일 쓰기 점검 사항

1. 받을 대상이 정확한가?
2. 내용이 한눈에 들어오는가?
3. 이 메일을 통해 요청하는 바가 명료한가?
4. 이 메일을 읽어야 하는 명확한 이유가 제시되었는가?
5. 군더더기 단어나 문장은 없는가?
6. 예의 바른 언어와 존중하는 어투를 사용하였는가?
7. 필요한 자료가 제대로 첨부되었는가?

이메일 역시 처음과 중간, 끝의 구분이 있어야 한다. 특히, 이메일은 처음부터 정확해야 하기 때문에 도입 부분이 매우 중요하다. 업무를 하다보면 수많은 메일을 받게 된다. 그렇기 때문에 자신의 이메일에 대한 관심도를 보다 높이기 위해서는 처음부터 메시지의 목적을 분명히 하는 것이 좋다. 장황하고 목적이 분명치 않은 글은 상대방과 다시 연락할 기회를 얻지 못할 수도 있기 때문에 이메일은 도입 부분을 신경 써야 한다.

다음으로 본 내용에서 좀 더 구체적으로 쓰고 결론을 쓰는 것이 좋다. 결론에서는 이메일의 목적을 한 번 더 분명히 하는 것이 좋다. 글을 읽다 보면 앞부분을 놓치는 경우도 있기 때문에 자신이 메일을 쓰는 목적이 무엇인지, 원하는 바가 무엇인지를 한 번 더 확인하는 것이 좋다. 아울러 맨 끝에는 아주 어려운 자리이거나 진지한 업무 관계가 아니라면, 좋은 사진이나 그림, 글귀 등을 첨부하여 자신의 이미지를 돋보이게 하는 것도 좋다.

이메일은 경제적인 단어와 핵심적인 내용으로 최대의 효과를 얻는 것이 목적이라는 점을 기억하자. 효과적인 이메일 쓰기를 위해 다음을 활용해 보자.*

효과적인 이메일 쓰기

1. 간단한 인사말(자신의 소속과 이름 밝히기)
2. 이메일을 쓰는 주 목적(간단하게 한 두 줄로 정리하기)
3. 본문 내용
4. 마무리 인사
5. 자신의 이름 명기(때에 따라 연락처도 명기)

이메일 예시 **학술대회 개최 공지**

현대문학회 회원 여러분, 안녕하십니까?

제50차 전국학술대회를 다음과 같이 개최합니다.

□ 일 시 : 2018년 10월 13일(토) 13:00

□ 장 소 : 00대학교 00관 다목적 강의실

□ 주 제 : 4차 산업혁명과 한국 문학의 방향

□ 주 최 : 현대문학회, 00대학교 융복합문화콘텐츠연구소

---

* 이메일은 앞의 형식을 중심으로 쓰고 각 단락을 한 줄씩 띄워주면 전달 내용 파악이 용이하다. 이메일은 전적으로 상대방 중심이다.

자세한 사항은 첨부한 파일을 참고하시기 바랍니다.

이번 학술대회가 뜻깊은 자리가 될 수 있도록 많은 성원 부탁드립니다.

학술대회와 관련한 문의사항이 있으시면, 언제든지 학회 메일(123@daum.net)로 회신을 하시거나 총무간사(010-123-4567)에게 연락 주시면 답변 드리겠습니다.

청명한 가을, 건강하고 즐겁게 보내시길 바랍니다.

안녕히 계십시오.
현대문학회 총무간사 올림.

2018년 8월 20일

참고 문헌

강미은, 『글쓰기의 기술』, 원앤원북스, 2006.

강준만, 『대학생 글쓰기특강』, 인물과 사상사, 2005.

강치원, 『토론의 힘』, 느낌이있는 책, 2013.

고종석, 『고종석의 문장 1』, 알마출판사, 2014.

공용배, 『영상시대의 글쓰기』, 나남출판, 2004.

글쓰기교과교재편찬위원회, 『대학글쓰기 세계와 나』, 경희대학교 출판문화원, 2012.

글쓰기교과교재편찬위원회, 『나를 위한 글쓰기』, 경희대학교 출판문화원, 2012.

김경희 외, 『사고와 표현』, 성신여자대학교 출판부, 2014.

김봉군, 『문장기술론』, 삼영사, 2002.

김봉석, 『전방위 글쓰기』, 바다출판사, 2008.

김상우, 『글쓰기 공포 탈출하기』, 페이퍼로드, 2013.

김승종 외, 『창의 사고와 표현』, 한올출판사, 2011.

김승종 외, 『테크니컬 글쓰기』, 한올출판사, 2011.

김영희 외, 『현대 사회화 비판적 글쓰기』, 박이정, 2013.

도정일 외, 『글쓰기의 최소원칙』, 룩스문디, 2008.

박신영, 『기획의 정석』, 세종서적, 2013.

백승권, 『글쓰기가 처음입니다』, 메디치, 2014.

서정현, 『적자생존』, 강단, 2014.

신길자, 『뽑히는 자기소개서』, 서울문화사, 2011.

신우성, 『미국 글쓰기 교육 일본 책읽기 교육』, 어문학사, 2014.

신형기 외, 『글쓰기』, 연세대학교 출판부, 2003.

유시민, 『유시민의 글쓰기 특강』, 생각의길, 2015.

윤영돈, 『기획서 제안서 쓰기』, 랜덤하우스코리아, 2008.

이상원, 『서울대 인문학 글쓰기 강의』, 황소자리, 2011.

이태준, 『무서록』, 소명출판, 2015.

이태준, 『문장강화』, 소명출판, 2015.

임정섭, 『글쓰기 훈련소』, 경향미디어, 2009.

임철순 외, 『내가 지키는 글쓰기 원칙』, 이화출판, 2013.

장미영, 『백지공포증이 있는 대학생을 위한 글쓰기』, 북오션, 2010.

장하늘, 『글 고치기 전략』, 다산북스, 2006.

정희모, 이재성, 『글쓰기의 전략』, 들녘, 2005.

정희모 외, 『대학 글쓰기』, 삼인, 2008.

조진호, 『글쓰기가 경쟁력이다』, 북코리아, 2011.

최미숙 외, 『사고와 표현』, 사회평론, 2014.

최병광, 『21세기 셰익스피어는 웹에서 탄생한다』, 책이 있는 풍경, 2010.

최영길, 『나의 이슬람 문화 체험기』, 한길사, 2012.

최인훈, 『회색인』, 문학과지성사, 1991.

탁희성 외, 『대학생을 위한 글쓰기』, 태학사, 2014.

한정주, 『글쓰기 동서대전』, 김영사, 2016.

현혜경 외, 『글쓰기와 말하기』, 역락, 2012.

고가 후미타케(정연주 옮김), 『작가의 문장수업』, 경향BP, 2015.

Barbara Baig(박병화 옮김), 『하버드 글쓰기 강의』, 에쎄, 2011.

Vincent Van Gogh(신성림 역), 『반 고흐, 영혼의 편지』, 예담, 1999.

Stephen King(김진준 옮김), 『유혹하는 글쓰기』, 김영사, 2002.

Jan Chipchase·Simon Steinhardt(야나 마키에이라 옮김), 『관찰의 힘』, 위너북스, 2013.

Meredith Maran(김희숙·윤승희 옮김), 『살 쓰려고 하시마라』, 생각의 길, 2013.

Timothy Corrigan(이권 옮김), 『영화비평, 어떻게 쓸까?』, 시공사, 2003.

〈문화일보〉, 「빅데이터 시대… 클릭 한번으로 책 800만권 읽는다」, 2005. 1. 30.

〈세계일보〉, 「완정정복 "3C"를 지켜라」, 2005. 9. 26.

〈세계일보〉, 「인사담당자 32% "채용 때 블로그 본다"」, 2006.7.13.

〈서울경제〉, 「표준어 13개 추가 인정, '늘 썼지만 맞춤법 틀렸던 단어'보니」, 2014.12.15.

〈경향신문〉, 「먹방과 서사적 발효의 시간」, 2015.3.1.

〈중앙일보〉, 「분노조절 장애를 앓고 있는 대한민국」, 2015.3.2.

〈서울신문〉, 「말의 품격」, 2015.5.13.

〈미주 한국일보〉, 「'엄마'의 성공 비결」, 2015.5.9.

〈한국일보〉, 「틀에 박힌 한국의 행복」, 2016.1.25.

〈M이코노미〉, 「인공지능과 무인(無人)시대… 인간이 설 자리는 어디?」, 2016.4.19.

〈한겨레 21〉, 「마시는 비타민, 신화에 도전한다」, 2004.7.15.

〈문화일보〉, 「대학 들어가면 책보다 스마트폰 더 많이 본다」, 2016.5.19.

〈아시아경제〉, 「웃지 않는 한국, 오늘 혹시 웃어봤나요?」, 2016.10.11.

〈매일경제〉, 「당신의 말 한마디… 계층·성적까지 다 알려준다」, 2016.12.9.

〈한국경제〉, 「하버드·MIT 졸업생들의 고백」, 2017.2.9.

〈조선에듀〉, 「글쓰기 배우는 대학생들 갈수록 늘고 있다는데…」, 2017.2.16.

〈경북매일〉, 「인터넷시대의 글쓰기」, 2017.3.3.

〈한국경제〉, 「'~에 대한/대해'는 우리말을 아프게 한다」, 2017.3.20.

〈뉴스천지〉, 「명연설가 오바마의 출발은 '일기쓰기'」, 2017.4.3.

〈한국일보〉, 「링컨·처칠·오바마… 진심의 힘으로 세상을 움직였다」, 2017.4.8.

나를 바꾸는 글쓰기

초판 1쇄 인쇄 2019년 01월 24일
초판 1쇄 발행 2019년 01월 30일

지 은 이   장영미
펴 낸 이   최종숙
책임편집   이태곤
편   집   권분옥 홍혜정 박윤정 문선희 임애정 백초혜
디 자 인   안혜진 김보연 홍성권
기획/마케팅 박태훈 안현진

펴 낸 곳   글누림출판사
　　　　　 주   소   서울시 서초구 동광로46길 6-6 문창빌딩 2층(우06589)
　　　　　 전   화   02-3409-2055 FAX 02-3409-2059
　　　　　 이 메 일   nurim3888@hanmail.net
　　　　　 홈페이지   http://www.geulnurim.co.kr
　　　　　 블 로 그   http://blog.naver.com/geulnurim
　　　　　 북트레블러 http://post.naver.com/geulnurim
　　　　　 등   록   2005년 10월 5일 제303-2005-000038호

ISBN 978-89-6327-503-1 03800

*정가는 뒤표지에 있습니다.
*잘못된 책은 바꿔 드립니다.

「이 도서의 국립중앙도서관 출판예정도서목록(CIP)은 서지정보유통지원시스템 홈페이지(http://seoji.nl.go.kr)와 국가자료공동목록시스템(http://www.nl.go.kr/kolisnet)에서 이용하실 수 있습니다. (CIP제어번호 : CIP2019001781)